KB003561

바퀴 빌라의 여름방학

SYDEN by Marianne Kaurin

ⓒ Marianne Kaurin

First published by H. Aschehoug & Co. (W. Nygaard) AS, 2018

German Translation ⓒ 2020 Franziska Hüther

Korean Translation ⓒ 2022 Yeoyoudang Publishing Co.

All rights reserved.

The Korean language edition published by arrangement with Oslo Literary Agency
through MOMO Agency, Seoul.

이 책의 한국어판 저작권은 모모 에이전시를 통해 Oslo Literary Agency와 독점 계약한 여유당출판사에
있습니다. 저작권법에 의해 한국 내에서 보호를 받는 저작물이므로 무단전재와 무단복제를 금합니다.

* 이 책은 저자의 허락을 받아 프란치스카 휘터가 독일어로 번역한『Irgendwo ist immer Süden』을
우리말로 옮겼습니다.

* 노르웨이어 고유명사는 국립국어원 외래어표기법에 따라 노르웨이어 표기법으로 적었습니다.

바퀴 빌라의 여름방학

마리안네 카우린 지음
남은주 옮김

여유당

오늘은 마지막 날이다. 몇 시간만 지나면 끝이다.

슬픈 종말의 날이 아니다. 도끼를 든 살인자가 나타난다거나, 행성과 충돌한다거나, 전염병으로 지구 종말이 온다는 이야기가 아니다. 다들 좋아하는, 행복한 마지막 날이다. 아이들은 이 날이 오기만을 기다리며 달력 날짜를 하나씩 지워 가며 여행 가방을 싸고, 새 신발을 사고, 미장원에 가서 여름에 어울리는 머리로 다듬었겠지. 신난다. 방학이야! 나도 겉으로는 그렇게 말한다. 방학만 기다렸다고. 하지만 속으로는 언제쯤이나 여름방학이 끝날지 벌써부터 날짜를 세고 있다.

나는 항상 숫자를 센다. 며칠, 몇 분인지 세고 머리끈, 색연필, 친구 들을 센다. 뭐가 됐든 자동으로 세기 시작한다. 지금 내 필통에는 보라색 색연필만 14개다. 하지만 내가 가장 좋아하는 색은 파란색이다. 내가 사는 빌라의 4층에서 입구까지는 68계단이다. 거기서 42걸음 걸어가면 보기만 해도 구질구질한 **퇼레바켄 협동주택에 오신 것을 환영합니**다라는 간판이 있다. 나는 이 빌라에서 400일 넘게 살고 있다. 지금까지 집 6곳, 도시 3곳을 옮겨 다녔고 5번 전학했다. 지금까지 친구가 3명 있었다. 신기하게도 다들 이름이 M으로 시작한다. 지금은 모두 연락이 끊겼지만 M은 내가 가장 좋아하는 알파벳이 됐다. 그래서 마리아라는 친구도 생겼다.

나는 체육관에서 교실까지 몇 걸음인지도 정확히 알고 있다. 당장 알려 줄 수도 있다. 지금 체육관에서 교실로 가는 길이니까. 아스팔트는 뜨겁게 달아오르고 깃대에선 깃발이 나부낀다.

마틸데와 레이네는 벌써 중학생이나 된 듯 중학교 쪽 울타리에 느긋하게 기대서 있다. 둘은 모두가 어울리고 싶어 하는 그룹에서도 중심인 아이들이다. 인싸 그 자체다. 그 그룹 애들은 모두 긴 머리에 딱 달라붙는 티셔츠를 입고 다닌다. 레이네가 휴대폰을 높이 치켜 들고 그룹 애들과 다 같이 사진을 찍는다. 아이들은 신이 나서 웃고 떠들고 있다.

나는 입을 꾹 다물고 아이들 옆을 지나갔다. 아이들이 옆에 있을 때는 숫자는 속으로만 세야 한다. 마틸데는 뽀뽀하듯 카메라에 입술을 쏙 내밀고 사진을 찍고는 아이들 쪽으로 돌아섰다.

게양대 쪽에는 다른 남자애들과 함께 마르쿠스가 있었다. 빨간색 티셔츠를 입은, 팔과 얼굴이 갈색으로 그을린 남자애다. 60걸음 넘게 떨어진 이곳까지 그 아이 웃음소리가 들렸다. 멋진 웃음소리다. 걸음 수를 큰 소리로 세면서 걔들 앞을 지나쳐 왔다면, 마르쿠스가 나를 한 번쯤은 쳐다보지 않았을까. 그러나 그랬다간 모두 나를 이상한 애라고 생각할 거다. 차라리 관심 없는 애로 남는 편이 낫다.

건물 입구에서는 요한네와 우리 반 다른 여자애들 몇 명이 그네 쪽을 쳐다보고 있었다. 40도 가까운 더위에도 요한네는 자전거 헬멧을 쓰고 점퍼까지 입고 있었다. 아이들은 여름방학 때 걸스카우트 캠프에 갈 거라는 이야기를 하고 있었다. 근사할 것 같았다. 아마도 나는 이 그룹에는 낄 수 있을 거다. 같이 캠프에 갈 수도 있겠지. 하지만 나는 나를 끌어올려 줄 아이들, 게양대나 중학교 울타리에 기대선 아이들과 어울리고 싶었다.

그래서 얼른 인사만 하고 건물 안으로 들어갔다. 2층 교실로 가는 계단을 올랐다. 교실에선 운동장이 보인다. 항상 조용히 나를 맞아 주는 곳이다.

게양대가 잘 보이는 창가로 갔다. 그때 갑자기 문이 열리더니 곱슬거리는 머리카락 한 다발이 나타났다. 처음 보는 남자애였다.

"안녕!"

그 애는 머리만 들이밀고 커다란 눈동자로 웃어 보였다. 처음 보는 얼굴이라 나는 머뭇거리며 계속 창가에 서 있었다.

"여기가 6학년 A반이니?"

그 애는 한 걸음 뒤로 물러나 교실 문을 닫았다가 다시 열었다. 문에 뭐라고 써 있는지 보는 것 같았다.

나는 그렇다고 고개를 끄덕여 주곤 얼른 내 자리로 가서 앉았다. 급한 일이라도 생각난 것처럼 열심히 필통을 뒤적였다.

"넌 이름이 뭐야?"

그 애가 교실로 들어오더니 물었다. 그리고 교실을 둘러보며 웃었다. 교실이라는 데를 처음 와 보기라도 한 건가. 모든 게 신기하고 재미있다는 표정이었다. 한 손은 주머니에 넣고 다른 한 손으론 모자를 들고 있었다. 동물원이라고 적혀 있는 티셔츠와 똥갈색 반바지를 입고 있었다. 바지는 너무 커서 엉덩이에 배기바지처럼 걸쳐 있어 더욱 볼품없었다. 양말도 신지 않고, 원래는 흰색 운동화였겠지만 지금은 잿빛이 된 더러운 신발을 질질 끌고 있었다. 팔과 다리는 가늘고 하얬으며 가만히 있을 때도 머리에서 곱슬머리가 쉬지 않고 흔들렸다.

"내 이름은 이나야."

내가 대답했다.

"아하."

그 애가 활짝 웃었다. 삐딱한 앞니가 보였다.

"나는 빌메르야."

그러곤 나를 가만히 쳐다보았다. 내가 말을 이어 가기를 기다리는 걸까? 내가 왜 그래야 하지?

우리 교실에 왜 왔니? 너 동물원 좋아하니? 자루 같은 바지가 좋아? 이런 질문들을 던져 볼 수 있었지만 나는 더 이상 아무 말도 하지 않았다. 곧 종이 울리고 4초 뒤 교실이 떠나가라 시끄러워졌다. 빌메르는 교실 뒤쪽 벽에 기대섰다. 다른 아이들은 빌메르 쪽으로 눈길도 주지 않았다. 다들 웃고 장난치며 신이 나서 떠들었다. 오늘은 마지막 날이다. 곧 끝난다. 비디스 담임 선생님과 세 시간 수업을 하고 나면 여름방학이다.

여름방학은 54일이다. 우리 집 냉장고에 붙어 있는 달력에서 세어 봤다. 54일은 1,296시간이고 7만 7,760분이다. 초까지는 계산해 보지 않았다. 엄청나겠지. 몇 백만 초는 될 거다.

6학년 마지막 날, 비디스 선생님이 교단에 섰다. 특별한 날을 맞아 선생님은 밝은 노란색 옷을 입고 화장을 진하게 했다. 입술은 분홍색으로 반짝이고 틀어 올린 머리는 버섯 모양으로 정수리에 위엄 있게 얹혀 있었다.

"여러분, 오늘은 6학년 마지막 날이다."

선생님은 신하들에게 말을 건네는 여왕처럼 근엄하게 반 아이들을 이리저리 둘러보았다.

선생님은 2분에 한 번씩 동그란 안경을 벗어 들고 안경다리를 입에 무는 습관이 있었다. 립스틱을 잔뜩 발랐는데 안경다리를 자꾸 입에 물었다가 다시 귀에 걸치니까 귀 뒤쪽에 핑크색 립스틱이 묻곤 했다. 어떤 아이들은 뒤에서 선생님을 웃음거리로 삼았다. 흔들흔들 걷는 모습을 흉내 내거나 옷이 촌스럽다고 손가락질했다. 선생님은 알면서도 그냥 내버려 두는 것 같았다.

한번은 마르쿠스가 선생님 흉내를 내다 걸린 적도 있다. 뒤뚱뒤뚱 걸으면서 닭처럼 꼬꼬댁 소리를 내고 있는데, 비디스 선생님이 교실 문에 나타나 마르쿠스를 본 거다. 현장을 들킨 마르쿠스는 어쩔 줄 몰라 했지만, 선생님은 그냥 웃어넘겼다.

"꼬끼오 꼬꼬댁, 수탉 흉내를 내는구나."

그러고는 처진 가슴이 훤히 보이는 형광색 안전조끼를 입고 쉬는 시간 학생 안전 관리를 하러 가 버렸다.

6학년 마지막 날 교단에 선 선생님이 교실 뒤쪽을 가리켰다. 모두가 뒤를 돌아보았다. 그제야 애들은 추레한 옷차림의 낯선 소년을 쳐다봤다. 속닥거리는 소리가 퍼져 나갔다. 우리 반 애들은 패션에 관한 한 정말 엄격하다.

"교실로 잘 찾아왔구나."

비디스 선생님이 빌메르라는 아이에게 말했다.

"반갑다. 어서 오렴."

선생님은 교실 뒤쪽으로 가서 빌메르와 인사를 나누고 칠판 앞으로 데려왔다.

"우리 반에 전학생이 왔단다."

선생님은 이렇게 말하며 빌메르 어깨를 꼭 쥐었다. 막 태어난 아기를 가족들에게 보여 주는 엄마처럼 자랑스러운 표정이었다.

"개학하면 정식으로 우리 반에서 함께 공부할 거야. 오늘은 인사만 하러 온 거야."

선생님은 빌메르에게 몸을 굽혔다.

"친구들한테 네가 직접 자신을 소개할래?"

"나는 빌메르야."

아이는 큰 목소리로 또박또박 말했다.

어디선가 킥킥 웃는 소리가 들렸다.

"그래. 빌메르는 새로 이사 왔단다. 집이 어느 쪽이지?"

"트로스테베엔 30번지 F동입니다."

처음 집 주소를 외우는 어린아이처럼 동까지 읊어 대다니.

"맞아. 튈레바켄 협동주택이구나."

킥킥대는 소리가 커졌다. 튈레바켄 협동주택이 어디가 어때서 저러는 걸까. 이름 때문에 바퀴 빌라라는 별명이 붙긴 했지만. 그리고 후줄근한 주택 선발대회에라도 나간다면 반드시 1등을 차지하긴 하겠지만 말이다.

"이나도 거기 살고 있지?"

비디스 선생님이 나를 가리켰다.

"여름방학 끝나면 둘이 함께 학교에 다니면 되겠다."

비디스 선생님은 착한 분이라 나는 선생님을 좋아했다. 하지만 이번엔 선생님한테 화가 났다. 내가 왜 저런 자루 같은 바지에다 동물원이라고 써 있는 티셔츠나 입은 애와 함께 학교에 와야 한단 말인가. 튈레바켄에 산다는 이유만으로? 아이들 앞에서 튈레바켄 주택 이야기를 꼭 해야만 했을까?

내가 친구를 사귀기 바라는 선생님 마음은 잘 안다. 6학년 시작했을 때부터 쭉 어떻게든 친구를 만들어 주려고 하셨으니까. 하지만 나는 인싸의 세계로 끌어올려 줄 사다리가 필요하다. 빌메르라는 애는 척 봐도 나를 밑으로 끌어내릴 친구였다.

빌메르는 교실 맨 뒷줄에 앉았다. 내 자리를 지나치며 나와 눈을 맞추려고 했다. 우리가 벌써 베스트 프렌드라도 됐단 말인가. 가까운 데 살고 있다는 이유만으로? 다른 애들보다 10초 먼저 알게 됐다고? 나는 재빨리 다른 곳을 쳐다보며 눈을 피했다.

"선생님, 선생님!"

선생님이 아직 빌메르를 보고 있는데 마틸데가 손을 높이 들었다.

"우리 돌아가면서 이번 방학 때 어디로 휴가 갈 건지 발표하는 게 어때요?"

다들 좋다고 난리였다. 스페인의 마요르카 섬, 미국, 프랑스……. 저마다 떠들기 시작했다.

마틸데는 벌써 자리에서 일어나 아이들을 가리키며 발표 순서를 정했고 아이들은 너도나도 하겠다고 나섰다. 선생님이 모두 발표

할 필요는 없다고 말렸지만, 마틸데는 너무 신이 나서 선생님 말씀도 귀에 들어오지 않는 모양이었다.

"투바부터 시작해요!"

마틸데는 창가 첫 번째 자리를 가리켰다.

나는 다리가 떨리고 입이 마르기 시작했다. 투바는 3주 동안 이탈리아 남부 지방을 여행할 계획이라고 했다. 마틸데는 그다음으로 테오도르를 가리켰다. 그러니까 맨 앞자리에서 뒷자리 순서대로 하자는 거다.

나는 세어 보았다. 열하나. 다리가 자꾸 떨려서 허벅지를 꼭 잡았다. 내 순서가 될 때까지 11명 남았다.

테오도르는 크로아티아로 간다고 했다. 셀마는 여러 날 동안 스페인 여행을 할 거고, 셀마 뒤에 앉은 시멘은 미국 플로리다에 간단다. 시멘이 엄청나게 큰 목소리로 떠벌리는 동안 다른 애들은 부러워서 한숨을 쉬었다. 시멘 다음인 우나는 자기도 플로리다에 가고 싶지만 올해는 덴마크에나 갈 거라고 했다.

"하지만 내년 여름 휴가는 4주 동안 태국에서 보낸대요."

우나가 덧붙였다.

이제 7명밖에 남지 않았다. 그러면 내 차례다.

마티아스는 그리스 로도스 섬에서, 빌데는 아랍에미리트의 두바이에서 휴가를 보낸다. 모두 여름방학 계획이 있었고, 모두 할 말이 있었고, 모두 여행을 떠난다. 그것도 외국으로. 우리 반 애들은 전부 외국 여행이 취미인가 보다. 지금까지 몇 개 나라를 다녀 봤는지 서로 자랑하기도 했다. 레이네는 27개국을 여행했단다.

나는 비디스 선생님을 쳐다보다가 책상에 시선을 떨어뜨렸다. 마틸데가 2주 동안 포루투갈의 리조트에서 휴가를 보낼 거라고 떠벌리고 있었다. 리조트가 정확히 뭔지는 잘 모르지만 아주 멋진 곳인 것 같았다. 곧 내 차례다. 이제 나도 무언가를 이야기해야 한다. 가슴이 너무 심하게 두근거렸다. 심장이 밖으로 튀어나올 것만 같았다.

"세상에, 우리 반 친구들은 다 해외여행족이구나. 선생님 휴가 계획 한번 들어 볼래?"

앞으로 3명밖에 남지 않았다. 선생님이 끼어든 덕에 시간을 벌었다. 그사이에 얼른 내 휴가 계획을 세워야 한다.

"나는 여름휴가를 보낼 작은 집을 하나 샀단다. 숲속에 있고 바로 앞에는 바다가 있어. 나만의 작은 리조트 같은 거야. 여름 내내 여기서 책을 읽고 맛있는 음식을 해 먹을 거야. 이런 휴가도 좋지 않을까?"

아무도 대답하지 않았다. 몇 명은 고개를 끄덕였고 어디선가 꿍얼거리는 소리도 들렸다. 쟤들한테는 선생님 휴가 계획이 지루하기 짝이 없나 보다. 솔직히 바닷가 숲속에 쭈그리고 앉아 책이나 읽는 걸 좋아하는 애들이 몇이나 되겠어!

다음은 마르쿠스다. 내 자리에서 두 책상 앞에 앉아 있다. 나는

1년 동안 매일 하루 4시간을 마르쿠스 뒷모습을 쳐다보고 앉아 있었다. 분으로 환산하면 엄청난 숫자다. 이제 마르쿠스 등을 거의 외우다시피 샅샅이 알고 있다. 걔가 기침을 하거나 웃을 때 어깨뼈들이 어떻게 움직이는지도 다 안다. 새 스웨터를 입고 오면 바로 알아볼 수도 있다. 저 목을 만지고 저 등을 쓸어내리면 어떤 느낌일까. 나는 한 2,000시간 동안 그런 상상을 해 왔다.

마르쿠스는 우선 내일 아침 쉴르란에 있는 여름 별장에 간다고 했다. 그 뒤엔 2주 동안 스페인에 다녀온다. 스페인 이야기를 할 때는 셀마에게 눈짓을 했다.

"그중에서도 런던 여행이 제일 기대돼요."

마르쿠스는 잠깐 말을 멈추고 애들이 모두 자기를 쳐다볼 때까지 기다렸다.

"아빠와 영국 프리미어리그 첼시 팀 경기를 보러 갈 거거든요. 우리는 첼시 팬이에요."

마르쿠스는 웃으면서 다음 차례인 율리 쪽으로 고개를 돌렸다. 나는 끓는 주전자처럼 얼굴이 달아올랐다. 내 자리는 율리 바로 뒤다. 마르쿠스의 눈길이 내 쪽으로 향하는 것 같았다. 마르쿠스가 몇 센티미터만 더 몸을 돌리면 눈이 마주칠 것 같았다.

율리는 망설이다 이야기를 시작했다. 갈라진 목소리였다. 어쩌면 율리도 휴가 계획이라곤 없고 54일 동안 신나는 일 없이 집에만 있어야 하는 건 아닐까? 아니었다. 율리는 엄마와 그리스의 키프로스 섬에 간단다. 그다음엔 아빠와 프랑스에 가고.

"부모님이 이혼하신 것도 장점이 있더라고요. 두 번이나 멋진 여행을 떠나게 됐어요. 휴가가 두 배로 늘어난 셈이라고 할까요."

율리는 만족스러운 듯 말했다.

율리가 내 쪽으로 돌아앉았다. 모두가 나를 보고 있다. 비디스 선생님도. 교실이 조용해졌다. 쥐 죽은 듯 조용했다. 여름에 무엇을 할 건지, 입을 열어서 무슨 말이든 해야 한다. 여름방학을 어떻게 보낼지, 가족과 함께 어떤 멋진 일을 할지, 무엇을 경험하게 될지, 모두 내 이야기를 기다리고 있다. 나는 호기심에 가득 찬 아이들 얼굴을 하나하나 둘러보았지만 입 안이 텅 빈 듯 한마디도 떠오르지 않았다. 목을 가다듬고 입을 한 번 벌렸다가 다물었다. 다시 침을 삼켰다. 내 성대에서 가느다란 소리가 울려 나왔다.

"이번 여름,"

나는 마르쿠스 등을 쳐다보며 말을 시작했다.

마르쿠스가 뒤를 돌아보았다. 그가 나를 보고 있다!

"여름방학에,"

나는 무슨 생각이라도 떠오르기를 바라며 다시 한번 되풀이했다.

"남쪽으로 여행을 갑니다."

비디스 선생님이 용기를 주려는 듯 웃으며 고개를 끄덕였다. 마르쿠스는 계속 나를 쳐다보고 있었다. 모두가 나를 바라보며 다음 말을 기다렸다.

"정말 멋진 여행이 될 거예요."

나는 이렇게 말하면서 수영장과 워터 슬라이드, 끝없이 이어지는 하얀 백사장, 눈부신 햇살, 키즈 클럽 같은 것을 상상해 보았다. 물론 키즈 클럽은 어린애들이나 가는 곳이지만.

"수영을 하고 태양 아래에서 일광욕을 할 거예요. 남쪽에서 다들 그러듯 재미있게 놀겠죠. 내일 아침 일찍 출발해서 여러 주 동안 있을 거예요."

갑자기 누군가 키득거리는 소리가 들렸다. 정확히는 둘이서 웃는 소리였다. 창가 자리 끝에서 두 번째 줄. 마틸데가 레이네에게 몸을 기대고 손으로 입을 가리고 귀에다 뭐라고 속삭이고 있었다.

"남쪽은 방향이지 지명이 아니에요."

레이네가 입바른 소리를 했다. 레이네는 학교 부회장이고 커서 변호사가 될 거라고 했다. 자기 엄마처럼.

"덮어놓고 남쪽으로 간다니 말이 안 돼요."

다리가 다시 떨리기 시작했다. 왼쪽 팔도 조금씩 떨렸다. 이제 다음 사람이 발표해 줬으면. 누군가 대신 레이네에게 대답해 줬으면.

"이나, 정확히 어디로 간다는 거야? 남쪽은 나라 이름이 아니잖아."

둘은 다시 낄낄거렸다. 다른 아이들도 웃었다. 다행히 그때 비디스 선생님이 나섰다.

"남쪽이 지도에서 찾을 수 있는 어떤 장소를 가리키는 건 아니지

18

만 남쪽 여행이라는 말 자체가 틀린 건 아니야. 쉬고 재밌게 놀고 수영을 하기 위해 많은 사람들이 남부 지방으로 휴가를 떠나니까 남쪽으로 간다고 이야기할 수도 있지. 이나처럼.”

비디스 선생님은 굳이 내 쪽을 가리켰다. 우리 반 애들이 갑자기 치매에 걸려서 지금 누구 이야기를 하는지 잊어버린 것도 아닌데 말이다.

“사람들이 좋아하는 장소를 남쪽 휴양지라고 하기도 한단다.”

비디스 선생님은 다음 순서인 마르테를 쳐다봤고 발표가 이어졌다. 다행히 남쪽 이야기는 끝났다.

마르테는 산에서 하이킹을 할 계획이다. 그다음에는 자전거를 타고 랄라르베옌으로 간다. 패트릭은 자동차로 3주 동안 유럽을 횡단한다. 요한네는 로포텐에 사는 할아버지 할머니 댁으로 간다. 레이네는 그리스 남쪽의 크레타 섬에서 휴가를 보낸다. 레이네는 내 쪽을 쳐다보며 힘주어서 ‘남쪽의 섬’이라고 말했다. 세 살짜리 아기나 뇌라도 다친 사람을 가르치려는 듯한 태도였다.

“하지만 그전에 일주일 동안 파리에서 쇼핑할 거예요.”

레이네는 자랑스럽게 말하면서 마틸데를 쳐다봤다.

모든 아이들이 여름방학 계획 발표를 마치자 선생님이 말했다.

“자, 이제 수업 시작하자.”

그때 뒷자리에 있던 빌메르가 선생님 눈에 띄었다.

“아 참, 미안하다, 빌메르. 네 이야기 듣는 걸 깜빡했구나. 여름 방학 때 멋진 계획이 있니?”

모두 뒤를 돌아봤다.

빌메르는 웃으며 내 쪽을 쳐다봤다.

“저도 남쪽에 가면 좋겠네요.”

쟤가 지금 무슨 소리 하는 거지?

“아니에요, 농담이었어요. 저는 집에 있을 거예요.”

이제 빌메르는 선생님을 보고 있었다.

“우리 아빠가 파산하셨기 때문에 우리 집은 올해는 휴가를 갈 수가 없어요.”

빌메르는 고개를 젓고는 몸을 뒤로 기댔다.

누군가가 또 낄낄거렸다. 아무 때나 웃는 인간들이 꼭 있다.

“그러니까 저는 남쪽 여행은 못 가는 거죠.”

빌메르는 밝게 웃었다. 여름방학 때 아무 데도 가지 못해도 상관없는 것처럼. 집에만 있어야 하는 주제에 방학이 기다려진다는 표정이었다. 파산한 아빠와 틸레바켄 협동주택에 틀어박혀 있어야 하는데도.

“**이**번 방학식 땐 좀 색다른 걸 해 보자.”

방학 전 마지막 수업 시간에 비디스 선생님이 말씀하셨다.

정말이지 우리 선생님은 목줄도 하지 않고 숲속을 정신없이 뛰어다니는 강아지 같다. 노란 원피스 겨드랑이는 땀에 젖어 있고 머리카락도 이마에 달라붙어 있었다.

“교육 잡지에서 소개한 활동인데 재밌을 것 같아서 우리도 한번 해 보려고. 모두 펜을 꺼내렴. 종이를 한 장씩 나눠 줄게.”

선생님이 교실 안을 바쁘게 돌아다니자 향수 냄새가 훅 끼쳤다. 내 책상에도 종이가 한 장 놓였다. 나는 마르쿠스의 등을 쳐다봤다. 마르쿠스는 왼손에 종이를 들고 조용히 앉아 있었다.

“우선 종이 맨 위에 각자 이름을 적고 나서 세 가지를 적는 거야.

이번 여름방학에 이루어졌으면 하는 꿈 세 가지를 써 보렴."

선생님은 흐뭇한 미소를 지으며 손바닥을 마주쳤다.

"그러니까 자신이 바라는 일을 적어야 해. 여름방학 계획을 적는 게 아니야. 그건 재미가 없잖아. 황당한 생각도 좋아. 상상의 나래를 마음껏 펼치는 거야. 다 적었으면 종이를 이렇게 두 번 접고."

선생님은 시범을 보여 주었다.

"그다음엔 내가 바구니를 들고 갈 테니까 바구니에 쪽지를 넣어. 이렇게 꿈을 모아 두었다가 여름방학이 끝나고 7학년이 시작되면 다시 돌려줄게. 재미있을 것 같지 않니? 그럼 정말 소원이 이루어졌는지 알 수 있을 거야."

아이들은 모두 고개를 숙이고 무언가를 열심히 적었다. 어려운 과제였다. 나는 눈을 감고 열심히 생각해 보았다. 내가 꿈꾸는 여름방학? 머리가 텅 빈 것처럼 단 한 가지도 떠오르지 않았다. 다시 눈을 뜨는 순간 마르쿠스의 빨간 티셔츠가 눈에 들어왔다. 떠오르는 게 있었다. 나는 아무도 못 보게 손으로 종이를 가리고 혼자 씩 웃으면서 적어 내려가기 시작했다. 선생님은 상상의 나래를 펼치라고 하셨다. 그래서 나는 상상을 시작했다. 그런데 그때 누군가 내 어깨를 툭툭 쳤다.

"펜 좀 빌려줄래?"

동물원 티셔츠를 입은 곱슬머리 전학생이었다.

"오늘은 견학만 한다고 해서 아무것도 안 가져왔거든."

전학생이 웃자 또 삐딱한 앞니가 드러났다. 귀여운 건지 못생긴 건지 순간 헷갈렸다.

나는 필통에서 연필을 꺼내 주었다.

빌메르는 미소를 짓다가 내가 쓴 걸 보곤 활짝 웃었다. 나는 얼른 종이를 접었다.

빌메르는 자기 자리로 돌아갔다. 두 가지 소원을 더 쓰려고 했는데 뭐였는지 생각이 나질 않았다. 그사이 잊어버린 거다. 빌메르 때문이다. 걔는 왜 하필 그때 펜을 빌려 달라고 왔을까. 나는 머리를 쥐어뜯다가 선생님이 이제 그만 내라고 세 번째로 말씀하셨을 때 할 수 없이 아무거나 적기 시작했다. 내 인생에선 절대로 일어나지 않을 일들을 그냥 갈겨쓴 뒤 쪽지를 접어 선생님께 드렸다. 소원인 것도 있고 그냥 상상인 것도 있었다. 비디스 선생님은 아기 고양이를 안듯 바구니를 소중하게 끌어안았다.

"이 쪽지는 선생님도 절대 보지 않을게. 너희 소원은 너희 자신만 아는 거지."

선생님은 혼자 큰 소리로 웃었다.

혼자 웃기 대회가 열린다면 우리 선생님은 노르웨이 국가대표도 될 수 있을 거다.

"방학 끝나면 어떤 소원이 이루어졌는지 각자 확인해 보렴."

이제 비디스 선생님은 기타를 들고 코드를 잡았다. 그럴 때면 항상 그렇듯 몇몇 아이들이 몸을 배배 꼬기 시작했다.

"자, 다 같이 노래하자!"

선생님은 아이들을 둘러보며 뚱땅뚱땅 열심히 기타를 두드렸다.

여어어름은 저절로 오지 않네.
정원에서 초원에서 숲에서
여어어름을 누군가 깨워야 해.
그래야 꽃이 피어나지.

말도 안 되는 유치한 노래였지만 선생님은 전혀 그렇게 생각하지 않는 것 같았다.

"좋았어!"

선생님은 절마다 추임새를 넣으면서 마지막 절까지 신나게 노래하도록 분위기를 잡았다. 우리는 '이다의 여름 노래'라는 이 노래를 4월 부활절 방학 때부터 연습해 왔다. 덕분에 선생님은 우리의 노래 실력에 만족했다.

뛰고 달리고 오르며
내 안에 여름이 왔네.

마침내 노래가 끝났을 때 선생님 눈에 눈물이 고였다. 선생님은 목이 메어 말했다.

"다들 정말 많이 늘었어. 너희가 나날이 발전하는 모습에 이번 학기도 선생님은 행복했단다. 정말로."

마틸데와 레이네는 웃음을 참지 못했다. 마르쿠스가 익살맞은 표정을 짓자 아이들은 더 킥킥거렸다.

마지막 수업이 끝나기 10분 전, 선생님과 방학 인사를 나누기 위해 모두 한 줄로 섰다.

나는 마르쿠스 바로 뒤에 서는 데 성공했다. 그러느라 요한네를 좀 밀어내야 했다. 다시 마르쿠스 뒷모습을 쳐다봤다. 뒷머리, 곧게 뻗은 머리카락, 빨간 티셔츠, 갈색으로 그을린 팔. 몸에서는 독특한 향기가 풍겼다. 살짝 몸을 앞으로 기울여 그의 냄새를 들이마셨다. 남자애 냄새와 세탁 세제 냄새에다 자외선 차단제 향이 났다.

선생님은 엄숙하게 작별 인사를 시작했다. 아이들 하나하나와 악수를 하고 끌어안았다. 웃으면서 방학 잘 보내라고 인사를 해 주었다. 그러느라 시간이 꽤 걸렸다. 고맙게도! 나는 마르쿠스에게 거의 바짝 붙어 있었다. 완벽한 위치였다. 내 팔이 마르쿠스 등에 살짝 스치고 턱은 그의 등에 닿을락 말락 하는 거리를 유지하기 위해 꽤나 신경을 썼다.

방학이 시작되기 전 마지막 시간이었다. 앞으로 수백만 초 동안 마르쿠스를 보지 못한다. 마르쿠스는 여름방학 내내 동네에 없을 거고 우리가 우연히 마주칠 가능성은 절대 없을 테니까. 게다가 마르쿠스 집은 우리 집에서 멀다. 나는 가끔 걔네 집 앞을 지나가 본 적이 있다. 걔 방은 이층이고 창문엔 첼시 팀 깃발이 걸려 있었다.

비디스 선생님이 마르쿠스를 안았다. 마르쿠스의 갈색 팔이 비디스 선생님을 감쌌다. 문득 내가 비디스 선생님이라면 어떨까 싶었다. 마르쿠스의 팔이 내 목을 두른다면 어떤 기분일까.

"이나야, 방학 잘 보내."

정신을 차려 보니 선생님이 내 앞에 서 있었다.

"방학 동안 즐거운 일이 많이 생기면 좋겠다."

선생님은 나를 꼭 껴안아 주고 나서도 한동안 내 얼굴을 쳐다보았다. 무언가 하고 싶은 말이 있지만 차마 입 밖으로 꺼내지 못하는 분위기였다.

"선생님도요. 숲에서 휴가를 보내면 정말 멋질 거예요."

선생님은 내게 윙크를 했다. 그리고 다음 아이에게로 갔다.

그제야 빌메르가 바로 뒤에 있다는 걸 알아차렸다. 빌메르는 비디스 선생님에게 우리 반에 전학 온 걸 매우 기쁘게 생각한다고 말하고 있었다. 아이들이 아주 친절한 것 같다고도 덧붙였다. 너무 말도 안 되는 소리라서 얼른 고개를 돌렸다. 어디가 모자라거나 터무니없이 좋은 쪽으로만 생각하는 아이 같았다.

"방학 때 만나서 같이 놀래?"

빌메르가 갑자기 내게 물었다.

그때 아까의 질문에 대한 답을 찾았다. 빌메르의 삐딱한 앞니는 조금도 귀엽지 않았다. 빌메르는 루저 스타일이었다. 왜 우리가 만난단 말인가. 나는 마르쿠스 쪽으로 몸을 돌렸다. 빌메르가 전학생이고 방학 내내 방콕해야 한다는 이유만으로 친절하게 대해 주고 싶지는 않았다.

아이들은 기다리는 동안 안달이 나서 서로 발을 밟거나 킥킥 웃고 떠들며 농담을 했다. 드디어 작별 인사가 끝났다.

시간이 됐다.

"6학년 A반, 즐거운 여름방학 보내라!"

선생님은 서커스 무대에 선 진행자처럼 팔을 높이 들고 엄청나게 큰 목소리로 소리쳤다.

교실은 화산처럼 함성으로 폭발했다. 6학년 22명 아이들이 이글거리는 용암처럼 여름방학을 향해 뿜어져 나갔다. 우리는 문으로 달려가 복도를 지나 계단을 내려갔다. 현관을 통과해 여름햇살이 내리쬐는 운동장으로 갔다. 소리치고 함성을 지르고 환호했다. 여름이다. 방학이 시작됐다. 이제 어디든 갈 수 있다. 갈 곳이 있다면.

교문 앞에 갑자기 교통정체가 시작됐다. 몇 분 전만 해도 자유를 찾아 달려 나가던 아이들이 땀을 흘리고 헐떡이면서 출구 앞에 서서 길을 막고 있었다. 애들을 뚫고 지나가지 않는 한 방학이 시작된 바깥세상으론 갈 수 없었다.

아이들 무리에서 마틸데의 밝은 색깔 머리가 솟아 있었다. 마틸데는 마치 곧 전쟁터에 나갈 병사들에게 마지막으로 중요한 명령을 내리는 장군처럼 크고 쩌렁쩌렁한 목소리로 떠들고 있었다. 그 옆엔 마르쿠스가 서서 마틸데의 말을 주의 깊게 듣고 있었다.

"여섯 시야. 모두 그때까지 와야 해!"

마틸데가 명령하듯 말했다.

나는 머뭇거리며 서 있었다. 분위기를 보아하니 아이들 사이에 끼어 있는 게 가장 나을 것 같았다. 지금 괜히 울타리를 넘어 밖으로 나가려다간 시선을 한 몸에 받을 게 틀림없었다. 그럴 바에야 맨 뒤에 조용히 묻혀 있는 게 낫다.

갑자기 생일 파티 초대장에 있던 마틸데의 사진이 떠올랐다. 수영복 차림에 선글라스를 끼고 손에 아이스크림을 든 채 바닷가 보트 안에서 찍은 사진이었다. 지금 마틸데는 아이들을 하나하나 보며 미소 짓고 있었다. 아주 흡족한 표정으로. 나는 날짜도 확인하지 않고 마틸데의 초대장을 가방에 처박아 두었다. 나는 원래 친구들 생일 파티에 가지 않는다. 선물을 사야 한다고 하면 엄마는 항상 곤란해한다. 그래서 이번에도 갈 생각이 없었다. 이번 생일 파티는 특히나 곤란했다.

교문 앞 교통정체가 풀리기 시작했다. 아이들은 거리로 뛰쳐나갔다.

"너도 와야 해, 알지?"

갑자기 마틸데와 마주쳤다. 옆에 레이네도 서 있었다.

나는 망설였다. 수백 가지 변명 거리가 떠올랐다.

"내일 일찍 출발해야 해서."

내 목소리가 낯설게 울렸다.

마르쿠스도 왔다. 빨간 티셔츠 밖으로 그을린 팔이 보였다. 자외선 차단제와 세탁 세제 향이 풍겼다. 마르쿠스 가까이 서 있으려니 몸이 굳었다. 마르쿠스와 이야기해 본 적은 두 번밖에 없었다. 그

것도 한 번은 비타민 D를 조사해 오는 조별 과제를 함께 했을 때다. 그러니까 두 번이라고 할 수도 없다. 나는 얼른 바지 주머니에 손을 찔러 넣었다. 그러면 내 손들이 최소한 주머니 속에 얌전히 있으면서 제멋대로 움직이지 않을 테니까.

마르쿠스가 내게 미소를 지었다.

대박. 나한테 웃었어. 나도 웃어 보였다. 사실은 내가 지금 웃고 있는지 잘 모르겠다. 입술을 너무 꽉 깨물고 있어서 얼굴에서 쥐가 날 지경이었다.

"몇 시 비행기인데?"

마르쿠스가 나에게 말을 걸었다! 내 일정을 궁금해했다!

"다섯 시 삼십 분이야."

나는 얼른 대답했다. 얼굴이 달아오르는 게 느껴졌다.

"여행 일정이 길어서 짐 싸는 데도 오래 걸릴 거야."

마르쿠스 눈을 똑바로 쳐다볼 수가 없었다. 나는 바닥을 쳐다보고 있었다. 주머니 속에 있는 손이 땀으로 축축해졌고 얼굴은 마르쿠스가 입고 있는 티셔츠만큼이나 빨개졌다. 어젯밤 잠들기 전에 나는 앞으로 54일 동안 마르쿠스를 보지 못한다는 생각에 낙심했다.

"하지만 여섯 시부터 잘 건 아니잖아. 안 그래?"

마틸데와 레이네가 웃음을 터뜨렸다. 마르쿠스는 둘에게 미소를 짓고 나서 내 쪽을 봤다. 마르쿠스는 당연히 파티에 간다. 우리 반 애들 모두 갈 거다.

"그러니까 너도 올 거지?"

마틸데가 결론을 내렸다.

"그래."

나는 계속 발만 내려다보며 대답했다.

마르쿠스가 뭐라 말해 주기를 기다렸다. 잘 됐다. 그럼 이따 만나. 이런 말을 해 주지 않을까. 내가 온다니 너무나 기쁘다고 마틸데와 레이네 앞에서도 말해 준다면.

"무슨 일이야?"

다시 빌메르가 나타났다.

삐딱한 앞니를 가진 전학생. 쟤는 왜 또 끼어드는 걸까? 빌메르는 무슨 이야기를 하고 있었는지 묻는 표정으로 우리를 둘러보며 웃었다.

나는 마르쿠스를 쳐다보았다. 잘생긴 얼굴에 비웃는 표정이 스쳤다.

빌메르는 궁금한 게 너무 많다.

"오늘 밤 내 생일 파티가 열리거든. 우리 반 친구들이 모두 와서 축하해 줄 거야."

마틸데가 대답했다.

"우아, 멋지다."

빌메르는 좋아했다.

빌메르는 자신도 초대받았다고 생각하나 보다. 한 5분 같이 수업했다고? 그리고 그 촌스러운 옷과 방학 때 갈 곳이 없다는 이야기를 해서 강렬한 인상을 남겼다는 이유로?

"그럼 우리 같이 가자. 네가 길을 알려 주면 되겠다."

빌메르는 지극히 당연하다는 투로 내게 말했다.

마틸데, 레이네, 마르쿠스는 서로 눈빛을 주고받으며 금방이라도 웃음을 터트릴 것 같은 표정을 지었다. 빌메르가 끼어들기 전만해도 그럭저럭 수습할 수 있을 것 같았다. 나는 삐딱한 표정으로 얼굴을 찡그려 어떻게든 빌메르가 멋대로 끼어들었고, 쟤는 절대 나와 같은 부류가 아니라는 사실을 보여 주려 애썼다. 갑자기 우리 둘은 틸레바켄 협동주택에 사는 환상의 짝꿍처럼 비춰지고 있었다. 내일 지구가 망해 빌메르와 둘만 남는다고 해도 있어서는 안될 일이었다.

"글쎄, 그것도 좋겠지. 어쨌든 이따 여섯 시야."

마틸데는 애써 웃음을 참는 표정으로 깔보듯 말했다.

그리고 셋은 같이 집으로 갔다. 솔방토펜 쪽으로 가 버렸다. 걔들은 모두 그 동네에 산다.

나는 빌메르가 나를 보고 있다는 걸 알았지만 무시하고 혼자 집을 향해 걷기 시작했다. 최대한 빨리 걸었다. 틸레바켄으로 가는 왼쪽 길로 향했다. 한마디도 하지 않고. 빌메르는 강아지처럼 나를 졸졸 따라왔다.

'난 절대 너랑 같이 집에 안 가.'

나는 속으로 생각했다. 아스팔트에서 발이 쩍쩍 달라붙는 뜨거운 기운이 올라오고 있었다.

집은 조용하고 더웠다. 찜통 같았다. 창문은 닫혀 있고 거실은 햇볕에 뜨겁게 달궈져 있었다. 창가에 놓인 화분에서는 식물들이 목이 말라 누래진 채 죽어 가고 있었다. 꽃병에는 시든 데이지 꽃다발 줄기만 남아 있었다. 햇볕을 따라 먼지들이 떠다니는 게 보였다. 엄마 방문이 살짝 열려 있고 침대 위엔 이불이 뭉쳐 있다. 처음엔 엄마가 이불 속에 있는 줄 알았다. 학교에서 돌아올 때면 엄마는 항상 침대에서 자고 있었으니까. 오늘 어디 나간다는 이야기는 없었는데.

언제부터인가 엄마는 늘 피곤해했다. 작년 11월부터였나. 크리스마스 전부터인 건 확실하다. 엄마가 며칠째 이러고 있는지는 정확히 세지 못했다.

"곧 괜찮아질 거야."

엄마는 이틀에 한 번 정도는 나를 안심시키려는 듯 졸린 눈으로 웃으며 말했다.

"이나, 똑똑한 아이는 무슨 일이든 잘 해내는 법이지?"

나는 방 창문을 열고 침대에 누웠다. 빌라 마당에서 아이들이 웃고 떠들며 노는 소리, 갈매기들이 먹이를 두고 다투는 소리가 들렸다.

마틸데 생일 파티라. 몇 주 전 마틸데는 반 아이들에게 초대장을 돌리고 모두 방학식 날 시간을 비워 놓으라고 몇 번이고 말했다.

"방학 때 생일 파티를 할 수는 없잖아. 다들 휴가 가고 없을 테니까."

파티에 가야 할까? 하지만 생일 파티에 가려면 생일 선물이 있어야 하고 선물을 가져가려면 돈이 필요하다. 엄마한테 선물을 사 줄 수 있냐고 물어봐야 한다. 엄마는 돈 이야기만 나오면 스트레스를 받는다. 그래서 나는 보통 아프다거나 손님 핑계를 댄다. 초대해 줘서 고마워. 그런데 하필 그날 일이 있네. 이런 식으로.

콧등에 땀이 맺혔다. 집 안이 후덥지근하기도 하지만 마르쿠스 생각 때문이기도 했다. 마틸데 생일 파티에 간다면 마르쿠스를 보지 못하는 54일이 시작되기 전 3시간을 같이 보낼 수 있다.

엄마한테 전화를 걸었다. 하지만 자동응답기에 녹음된 엄마의 피곤한 목소리가 전화를 받았다.

"아니아입니다. 지금은 전화를 받지 못하니 메시지를 남겨 주세요."

나는 전화를 끊고 부엌으로 가서 냉장고를 열었다. 딸기잼 한 병, 반쯤 남은 피자, 케첩과 끝까지 짜낸 마요네즈 튜브가 굴러다니고 있었다. 장을 보러 갔나?

차가운 피자를 씹으며 창문으로 빌라 마당을 내려다보았다. 남쪽 휴가지에 대해, 마르쿠스와 생일 파티에 대해 생각했다. 가야겠다고 마음을 굳혔다.

인터넷에서 '12살 여자아이+생일 파티+선물은 얼마?'라고 검색해 봤다. 다시 마음이 흔들렸다. 잼 바른 식빵을 씹으면서 엄마한테 문자를 보냈다. 엄마, 지금 어디야?

엄마는 부엌 찬장에 있는 저금통에 돈을 넣어 두곤 했다. 10크로네나 20크로네짜리 동전, 가끔 100크로네 지폐도 있었다. 찬장을 열었다. 돈이 조금 없어져도 엄마는 모르지 않을까.

깡통은 너무나 가벼웠다. 흔들어 보니 동전 한두 개가 배고픈 소리를 내며 짤랑거렸다. 선물이 없으면 파티에 갈 수가 없다. 나는 저금통을 찬장에 던져 버렸다.

그때 쪽지가 눈에 띄었다. 식탁보에 반쯤 가려진 채 식탁에 놓여 있었다. 이걸 왜 이제 봤을까. 여기 앉아서 피자 반 판을 먹었는데 엄마 글씨가 적힌 쪽지를 못 알아보다니. 쪽지에는 엄마가 오늘 무슨 교육을 받으러 가서 6시쯤 집에 온다고 적혀 있었다. 또 오늘 저녁 메뉴는 타코라고 쓰고 하트를 그려 두었다. 비뚤어지고 못생긴 하트. 하트 한가운데에는 이나에게라고 적혀 있었다.

잠시 생각하다 엄마에게 문자를 썼다. 타코는 사 올 필요 없어. 저녁 때 생일 파티에 갈 거야. 그러다 생일 파티라는 말을 지우고 **학교** 행사라고 적고 메시지를 전송했다. 학교 행사가 좋겠다. 학교는 늘 무료니까.

답이 오기를 기다렸지만 답은 없었다. 그냥 집에 있을까? 하지만 빨간색 티셔츠를 입은 마르쿠스가 눈에 아른거렸다. 눈을 번쩍 떴다. 결심했어. 딱 한 번만 가는 거야. 내겐 다 계획이 있었다.

마틸데는 하얀색 집에 살고 있었다. 잘 가꾼 정원에 커튼이 펄럭이는 커다란 창문이 있는 집이었다. 마틸데 엄마가 문 앞에 서서 모두를 맞이했다. 마틸데 엄마는 꼭 끼는 바지를 입고 새빨간 매니큐어를 칠했다. 하얀 치아에 금발 머리를 뒤로 묶고 머리에는 선글라스를 걸쳤으며 금빛 귀걸이를 달았다. 마틸데 엄마는 조금도 피곤해 보이지 않았다. 활기차고 즐거워 보였다.

"잘 왔다, 이나."

마틸데 엄마가 나를 안아 주는데 향수 냄새가 났다. 달콤하고 세련된 향이었다. 비디스 선생님처럼 코를 찌르는 향이 아니었다. 마틸데 엄마는 아이들 이름을 전부 알고 있었다. 내 이름도. 내가 마틸데랑 같은 반이 된 건 1년밖에 안 되고 그리 친한 사이도 아닌데 말이다. 마틸데 엄마는 항상 최신 정보에 밝고, 이메일을 꼼꼼히 읽어 보고, 학부모 회의에도 빠지지 않고 참석해 반 아이들 이름을 익히고 상황을 파악하는 스타일의 엄마다.

"안녕하세요⋯⋯."

나는 인사를 하려다가 친구 엄마를 뭐라고 불러야 할지 몰라 머뭇거렸다.

벌써 많이들 와 있었다. 아이들 몇 명은 테라스에서, 몇 명은 집 안에서 삼삼오오 모여 이야기를 나누고 있었다.

등 뒤에서 빌메르가 마틸데 엄마에게 인사하는 소리가 들렸다. 오늘 전학 왔다고 자기소개를 하며 이렇게 와도 될지 모르겠다고 인사를 차리고 있었다.

아까 집을 나오다가 빌라 마당에 서 있던 빌메르와 마주쳤다. 나는 개 얼굴은 쳐다보지도 않고 마틸데 집으로 향했고, 빌메르는 줄곧 내 뒤를 따라왔다.

나는 테라스로 갔다. 마르쿠스가 있는지 잔디밭을 내다봤다. 안 온 걸까? 그럴 리가 없다. 마르쿠스가 안 온다면 나는 오늘 완전히 허탕 치는 거다. 내가 저 때문에 얼마나 어렵게 왔는지 안다면 마르쿠스는 어떤 기분일까?

"이나, 왔구나!"

밝은 보라색 드레스를 입은 마틸데가 나타났다. 곱슬거리는 머리카락을 어깨까지 예쁘게 늘어뜨리고 있었다. 최소 4시간은 고데

기와 씨름했을 게 틀림없었다. 마틸데는 우리가 베스트 프렌드라도 되는 것처럼 나를 꼭 끌어안았다. 내가 없는 생일 파티는 아무 의미도 없다는 듯 감격에 찬 인사였다. 그러고는 기대에 차서 나를 쳐다봤다.

바로 지금이다. 나는 계획이 있었다.

"으악, 어쩌지!"

나는 모두가 들을 수 있을 만큼 크게 외쳤다.

"선물, 네 생일 선물을 깜빡했어. 아, 정말 난 왜 이렇게 정신이 없지?"

마틸데의 눈이 커졌다. 그리고 잔뜩 실망해서 물었다.

"생일 선물을 집에 두고 왔다고?"

나는 고개를 끄덕이며 발을 동동 굴렀다. 눈물까지 살짝 글썽거렸다.

"너한테 딱 맞는 생일 선물을 찾겠다고 얼마나 돌아다녔는지 알아?"

나는 한숨을 쉬었다.

"이나가 내 생일 선물을 깜빡하고 안 가져왔대."

어느새 나타난 레이네에게 마틸데가 말했다. 레이네는 사람들을 집단 감염시키기 위해 파티에 나타난 바이러스라도 보는 표정으로 나를 쳐다봤다.

"지금이라도 집에 가서 가져올까?"

나는 기가 죽어서 물었다.

어쩌자고 그런 말을 했을까. 마틸데가 그러라고 하면 그땐 달아날 곳이 없다. 고심해서 고른 선물이라고? 그게 갑자기 어디서 나온단 말인가. 나도 모르게 주먹을 꼭 쥐었다. 제발, 제발, 제발. 집에 있지도 않은 것을 가지러 집에 가지 않도록 해 주세요. 마르쿠스와 함께 생일 파티에 있게 해 주세요.

마틸데가 나를 쳐다보았다. 테라스 옆 탁자에는 이미 선물이 가득 쌓여 있었다. 선물은 됐다고 하지 않을까?

"괜찮아. 잊어버릴 수도 있지."

친절하게도 마틸데 엄마가 웃으며 말했다.

"선물은 나중에 전해 주면 되지. 걱정 마."

마틸데 엄마는 내 등을 토닥이고 거실에 있는 아이들을 모두 불렀다. 선물 개봉 시간이다.

마틸데 집 거실은 우리 집 전체를 합친 것보다도 컸다. 식탁보로 덮인 거대한 탁자 위엔 초대받은 아이들의 이름표와 꽃이 놓여 있었다. 창문에는 은색 풍선이 걸려 있었다. '마틸데 12살 생일 축하'라는 말이 풍선 한 개마다 한 글자씩 적혀 있었다. 바에는 커다란 케이크가 있었다.

마틸데는 아이들을 둘러앉히고 자기는 가운데 자리에 앉았다. 그리고 상자를 하나씩 집어 높이 들어 보인 뒤 카드에 써 있는 말을 큰 소리로 읽은 다음 포장을 뜯었다. 가방과 화장품, 돈이 든 봉투들이 나왔다. 100크로네, 200크로네짜리 지폐들이었다. 마틸데는 안에 든 것을 모두에게 자랑스럽게 보여 주고는 선물을 뜯을 때마다 고맙다는 인사를 했다. 마틸데 아빠는 포장지와 섞이지 않도록 돈을 따로 챙겼다.

이제 마틸데 엄마가 손뼉을 치며 우리를 식탁으로 불렀다.

"피자 먹을 사람?"

모두 자기 이름표가 놓인 자리를 찾느라 돌아다니는데 갑자기 그 아이가 보였다. 파란색 반바지에 흰색 티셔츠를 입고 달콤한 갈색 눈동자로 미소 짓고 있었다. 뱃속에서 아니면 가슴속 어디에선가 나비가 살랑살랑 날기 시작하는 기분이었다. 마르쿠스는 내 쪽은 쳐다보지도 않았지만 어쨌든 여기 나와 같은 공간에 있었다.

마르쿠스와 마틸데는 끌어안으며 인사를 나누곤 나란히 앉아 이야기를 했다. 내 자리와는 한참 떨어진 식탁 가운데 자리다. 내 자리는 식탁 끝자락이었다. 요한네 옆자리. 그래도 나는 자리가 있긴 했다.

빌메르는 어디에 앉아야 할지 몰라 식탁 옆에 서 있었다. 아무도 오늘 우리 반에서 처음으로 몇 시간을 함께 보낸 전학생을 위해 이름표를 만들어 줄 생각을 못 한 것이다. 마틸데 엄마는 정신없이 컵과 접시를 나르면서 최소 네 번은 빌메르에게 미안하다고 했다.

피자를 먹고 요한네와 이야기도 하면서 동시에 마르쿠스까지 관찰하기란 쉬운 일이 아니었다. 다행히 요한네는 떠들기를 좋아하는 스타일이었다. 나는 자동응답기처럼 일정 간격으로 "맞아" "아니" "진짜?" "저런"만 반복하면 됐다.

마르쿠스는 피자 한 조각을 말아서 입안 가득 넣고 씹었다. 냅킨으로 입을 닦고 옆자리에 앉은 사람과 이야기하며 웃었다. 무슨 이야기를 하는지 들리지 않았지만 분명 마틸데는 아주 재치 있는 말을 했을 거다. 마르쿠스는 마틸데의 곱슬머리며 보라색 원피스며 모두 예뻐 죽겠다는 표정이었다. 수도 없이 마틸데에게 몸을 붙였다.

요한네는 로포텐에서 어부의 집에 간다고 했다. 거기서 난생처음 카누를 타게 될 거란다. 지루하기 짝이 없는 이야기였지만 나는 웃었다. 마르쿠스가 갑자기 나를 쳐다볼 수도 있으니까 재미있는 이야기를 하는 것처럼 보이고 싶었다. 하지만 마르쿠스는 이쪽으로는 고개를 돌리지도 않았다.

내 다른 쪽 옆에는 빌메르가 앉아 있었다. 즐거워 보였다. 빌메르는 요한네가 어부의 집에 간다고 말하니까 자기도 아빠와 낚시 다닌 이야기를 하면서 화제를 이어 갔다.

"넙치를 열네 마리나 잡았어."

빌메르가 흐뭇하게 말했다. 또 자기 아빠가 내기에 져서 옷을 다 들고 물에 뛰어들어야 했던 이야기를 자세히 떠들었다.

탁자 저편에서 마르쿠스와 마틸데가 화려한 모습으로 앉아 즐거운 시간을 보내고 있었다. 나도 저기 같이 앉아 있을 수 있다면 무슨 일이든 할 수 있을 것 같았다. 하지만 나는 여기 둘 사이에 갇혀 있다. 아싸로 찌그러져 앉아 있다. 넙치나 어부의 집을 좋아하는 애들 말고 나를 인싸로 끌어당겨 줄 친구가 필요했다. 어떻게든 해야 했다.

마틸데는 마르쿠스와 셀카를 찍고 있었다. 나는 더 이상 음식이 넘어가지 않았다. 우리 자리는 점점 조용해졌다. 빌메르만 여전히 낚시 이야기를 하며 웃다가 피자를 또 입에 넣고는 했다.

생일 파티에 온 지 1시간 45분. 그동안 마르쿠스와는 말 한마디 못 나눴다. 나는 마르쿠스와 시간을 보내고 싶어서 선물 이야기를 꾸며냈고 넙치나 로포텐에 관심을 가져 보려고 애쓰면서 자리를 지켰다. 하지만 마르쿠스는 내가 있는지 없는지도 모르는 것 같았다.

나는 계속 시계를 보았다. 앞으로 7만 분 넘도록 마르쿠스를 못 볼 텐데도, 지금 당장은 20분만 있으면 파티가 끝난다는 사실이 정말 기뻤다.

"그래서 넌 휴가를 정확히 어디로 간다는 건지 알아냈어?"

파티가 끝날 때까지 다 같이 큰 소파에 앉아서 시간을 보내고 있는데 갑자기 레이네가 나에게 물었다.

"아니면 아직도 남쪽으로 간다고 할 거야?"

레이네는 '남쪽'이라는 말에 힘을 주더니 마틸데를 쳐다보며 키득거렸다. 다른 아이들도 말을 멈추고 이쪽을 쳐다봤다. 마틸데나 레이네가 말하면 다들 관심을 가진다.

"엄마가 오늘 교육받으러 가셨어."

내가 대답했지만 다들 무슨 소리인지 모르겠다는 표정이었다.

"그래서 엄마한테 물어볼 수가 없었다고."

마틸데와 레이네는 다시 키득거렸다. 작지만 거슬리는 웃음소리였다.

나는 생일 파티 내내 거의 말을 하지 않고 앉아 있었다. 그런데 이때부터 갑자기 떠들기 시작했다. 우리가 남쪽에서 묵게 될 숙소에는 수영장이 있고, 바닷가 바로 앞 방갈로에서 잘 거라고 떠들었다. 야자수가 늘어선 긴 해변은 하얀 모래로 덮여 있다고도 이야기했다.

"대형 워터 슬라이드와 스파 시설이 있어. 가게도 엄청 많아. 엄마랑 매일 이것저것 사러 다닐 거야."

이젠 모두가 나를 보고 있었다. 마르쿠스도.

"호텔에는 식당이며 물놀이 시설까지 다 있어. 마음대로 다 이용할 수 있대. 종일 앉아서 먹고 있어도 뭐라고 하는 사람 하나 없고. 하지만 가끔은 근처 식당에 가기로 했어. 리조트에만 있으면 너무 지루하잖아."

나는 즐겁게 웃었다.

"후훗, 나는 까맣게 타서 올 것 같아. 거기 아주 오래 있을 거거든. 내일 아침 일찍 출발해서 5주나 6주 정도 있을 거야. 마음껏 놀다 올 거야.”

마틸데가 레이네 귀에 무언가 속삭였다. 레이네가 웃었다.

“채팅방에 사진 꼭 올려 줘.”

나는 움찔하며 고개를 끄덕였다.

“정말 기대된다.”

마틸데가 재빨리 말했다.

나는 또 고개를 끄덕인 뒤 바닥으로 시선을 떨궜다. 마틸데는 다른 아이들에게도 휴가 가면 사진 꼭 올리라고 말했다. 우리 반 채팅에 올리면 다 같이 볼 수 있지 않냐면서. 머리가 지끈거리기 시작했다. 이제 또 새로운 문제가 생겼다. 집에 휴대폰을 깜빡하고 두고 갔다고 할까? 그렇게 말하면 몇 주 동안 휴가지에 있으면서 사진을 한 장도 올리지 않는 이유가 될까?

천만다행으로 그 순간 마틸데 엄마가 끼어들었다.

“자, 이제 파티를 끝낼 시간이야. 와 줘서 정말 고마워. 모두 즐거운 여름방학 보내!”

마틸데는 현관에 서서 아이들 하나하나와 포옹하고 인사를 나눴다. 생일 선물 고맙다고 감사 인사도 했다. 마틸데 부모님은 뒤에 서서 웃고 있었다. 나는 재빨리 마틸데를 안았다. 잊어버리고 왔다던 선물 이야기는 한마디도 하지 않았다.

마르쿠스는 맨 끝에 서 있었다. 나는 인사를 마치고도 최대한 천천히 발을 뗐다. 두세 발짝 걸을 때마다 뒤를 돌아보았다. 마르쿠스도 바로 집에 가는지 알고 싶었다. 대문 앞에 와서 뒤를 돌아보았을 때 마틸데가 마르쿠스의 뺨에 입 맞추는 걸 보았다. 확실하다. 둘이 키스했을 확률은 98퍼센트다.

좀 더 멋지게 방학을 시작할 수도 있었다. 예를 들어 마르쿠스 뺨에 키스한 사람이 마틸데가 아니라 나였다면. 마르쿠스가 나를 집까지 데려다준다면. 아, 물론 튈레바켄 빌라까지 오는 건 곤란하다. 가게 앞 사거리쯤에서 헤어지는 게 좋겠지. 그런 뒤 나 혼자 남은 길을 오고. 사거리부터 빌라 정문을 지나고 뒤뜰을 건너 A동으로 들어선 다음, 3층 계단을 올라가기 전에 휴대폰으로 마르쿠스에게 문자를 보내는 거다. 길게 쓰지 않고 하트 이모티콘만 보내는 것도 좋겠지.

그리고 여름방학 7만 7,000여 분 중에서 다만 몇십 분이라도 마르쿠스와 보낼 수 있다면 방학은 또 얼마나 좋을까. 아이스크림을 먹으러 가거나 해수욕장에 가거나 자전거를 타러 간다면. 하지만 마르쿠스는 방학 내내 스페인에 쇠를란, 런던을 돌아다닐 거다.

현관문을 열었더니 엄마가 거실에 앉아 있었다. 엄마는 일어나 텔레비전을 끄고 현관으로 와서 하품을 삼키며 머리카락을 쓸어 올렸다. 얼룩진 잠옷 바지에 파란색 슬리퍼를 끌고 있었다.

"이나 왔구나. 행사는 좋았어?"

엄마가 작고 피곤한 목소리로 물었다.

"응."

나는 거짓말을 하면서 엄마한테 안겼다.

"저녁은 먹었겠지?"

나는 고개를 끄덕였다. 온갖 일을 다 겪었더니 입맛이 없었다.

"오늘은 일찍 자려고."

엄마가 말했다.

새삼스럽게 '오늘은'이라고? 매일 밤 똑같은 소리면서.

"오늘은 금요일 밤이잖아."

나는 딴지를 놓았다.

엄마는 문틀에 기대서서 고개를 끄덕였다.

"하지만 엄마는 오늘 교육받느라 완전 녹초가 됐어."

나는 엄마한테 남들도 다 그렇다고 말하고 싶었다. 정상적인 어른이라면 다 일을 한다. 다른 어른들은 아침에 일찍 일어나 일하러 갔다가 와서 저녁 식사를 만들고 뉴스를 본다. 다른 엄마들은 딱 달라붙는 바지를 입고 머리를 단정히 모아서 묶고 자기 아이 반 친구들 이름도 다 안다. 다른 엄마들은 반 애들을 모두 초대해 생일 파티를 열어 준다. 하지만 지금은 나도 이런 말을 할 기운이 없었다.

"집에 간식 좀 없어?"

파티에서 케이크와 주전부리로 잔뜩 배를 채워 놓고도 이렇게 물었다.

"없는데. 오늘은 장을 못 봤어. 교육받으러 가느라. 어쩌지?"

엄마가 미안해한다는 걸 알면서도 짜증난다는 표정을 숨길 수가 없었다. 말끝마다 교육, 교육. 점점 부아가 치밀었다.

"하지만 내일은 여유 있게 보낼 수 있어. 수업이 없는 날이거든."

이해가 안 된다. 언제부터 교육이 그렇게 중요했단 말인가. 대체 뭘 배우는데? 이탈리아어? 뜨개질? 탱고? 엄마가 뭔가를 열심히 배우는 모습이 상상이 가질 않았다. 출산 교실 말고 뭘 배우러 다녀 본 적이 있었나?

"대체 무슨 교육인데?"

"휴! 딸, 이리 와서 앉아 봐."

엄마는 슬리퍼를 끌고 소파로 갔다. 나는 엄마 옆에 벌러덩 드러누워 엄마 이마에 깊이 새겨진 주름살, 핏기 없는 입술, 버석거리는 머리카락을 쳐다봤다. 무슨 일이지? 엄마 표정이 심각했다. 너 엄마랑 얘기 좀 해야겠다, 할 때 짓는 표정이었다. 엄마는 천천히 심호흡을 하더니 이야기를 시작했다.

"엄마가 일자리를 얻으려면 교육을 받아야 해. 그런데 엄마가 몸이 좋지 않잖니. 그래서 매일 교육받으러 다니는 게 엄마한테는 아주 힘든 일이야."

다시 정상적인 어른들을 생각했다. 보통 어른들은 일도 하고 교육도 받는다.

"그런데 상황이 좀 곤란하게 됐어. 오늘에서야 알았는데…… 앞으로 6주 동안 교육을 받아야 한대."

"6주?"

엄마가 고개를 끄덕였다.

"엄마한테는 그게 좀 곤란한 일이야?"

"담당자한테 나는 아이가 있어서 여름방학 코스는 참가할 수 없다고 이야기했거든. 그런데 날짜를 바꿀 수가 없대. 엄마가 코스를 여러 번 미뤄서 이제 다른 방법이 없대. 어떻게든 해야 해. 안 그러면 돈 나올 데가 없거든."

엄마는 정신없이 눈을 깜빡였다.

지금 무슨 소리 하는 거지? 안 그러면 돈이 없다고?

"이번 여름방학이 좀 심심할 수도 있을 거야."

엄마가 내 눈치를 봤다.

30분 전만 해도 이보다 더 나쁜 여름방학은 없을 거라고 생각했다. 틀렸다. 더 나쁠 수도 있었다.

"하지만 할머니가 계시잖니. 할머니와 의논해 봤는데 네가 가끔 할머니한테 가고 할머니도 자주 전화하시기로 했어. 너도 돌봐 줄

어른이 근처에 있으면 훨씬 좋지 않을까?"

근처라고? 빠른 걸음으로 가도 할머니 댁까지는 20분은 넘게 걸린다. 그리고 거기서 뭘 할 수 있지? 잡지를 읽거나 텔레비전을 보거나 뜨개질을 할까?

나는 아무 말도 하지 않았다.

"이웃 사람들도 많고."

우리 엄마는 정말 아무것도 모른다. 엄마는 우리 반 애들이 여름 방학을 어떻게 보내는지 알아야 한다.

"아니면 마리아는 어떨까? 방학 때 마리아와 놀 수도 있지 않을까?"

나는 방바닥만 내려다보았다.

"근처에 자전거 타고 갈 수 있는 해수욕장도 있고 놀러 가기 좋은 곳이 많을 거야."

엄마가 한숨을 쉬었다.

"엄마가 좀 더 빨리 알았다면 방학 캠프나 이런 곳에 보낼 수 있었을 텐데. 괜찮은 캠프면서 무료로 열리는 곳도 있을 테니."

내 입에선 아무 말도 나오지 않았다.

"우리 한번 노력해 보자. 교육 다녀와서 오후에 같이 재미있게 놀면 어떨까?"

엄마가 가느다란 목소리로 말했다.

나는 아무 말도 하고 싶지 않았다. 엄마는 거짓말을 하고 있다.

교육받고 집에 오면 바로 침대로 가서 뻗어 버리겠지. 우리 엄마는 뭔가를 할 기운이 없다.

"엄마도 정말 애쓰고 있단다."

엄마가 더 힘 빠진 목소리로 말했다.

스스로를 위로하고 싶을 때 늘 하는 말이었다. 엄마 노릇이 그렇게 힘들다면 세상 좋은 엄마들은 다 뭐란 말인가.

나는 엄마 얼굴을 똑바로 쳐다보고는 소파에서 벌떡 일어났다. 직업 교육이 싫다. 여름방학이 싫다. 마르쿠스가 싫다. 마틸데가 싫다. 휴가가 싫다.

"어디 가니?"

엄마가 불안한 표정으로 물었다.

가슴속에서 불덩이가 치밀어 올라 속이 화끈거리고 따끔거리고 찢어질 것만 같았다. 창문을 열고 여기 있는 모든 것들을 밖으로 던져 버리고 싶었다. 뒤뜰에 팽개쳐 버리고 싶었다. 소파며 커튼이며 창가의 말라죽은 화분들, 벽에 걸린 엄마와 나를 담은 사진들이며 달랑 2크로네 들어 있는 찬장 저금통이며 의자, 식탁, 엄마까지. 전부 다.

"남쪽으로 갈 거야!"

나는 소리치며 거실을 뛰쳐나왔다. 현관을 지나 내 방문을 열어젖혔다가 벽이 흔들릴 정도로 쾅 닫았다. 침대에 몸을 던지고 이불 속에 얼굴을 파묻었다.

"남쪽으로 갈 거야."

나는 이불을 뒤집어쓰고 흐느꼈다. 가슴이 터질 것만 같았다.

하얀 백사장이 끝도 없이 뻗어 있다. 바다는 파랗다. 아니, 거의 옥빛이다. 부드러운 바람이 더위를 식혀 준다. 햇볕 아래 누워 있으려니 바람이 까맣게 탄 내 얼굴을 부드럽게 매만지며 지나간다. 새들 지저귀는 소리, 아이들 노는 소리가 들린다. 파도가 바다 냄새를 실어 오고 해변의 바에선 여름 노래가 울려 퍼진다. 점심 먹기 전에 한 번 더 물에 들어가야겠다. 그리고 아이스크림도 먹어야지.

한가롭다는 건 얼마나 멋진 일인가. 아무 생각도 하지 않고 아무 걱정도 하지 않는다. 모든 게 즐겁기만 하다. 선탠 의자 옆에는 예쁜 핑크색 칵테일이 놓여 있다. 기다란 빨대가 꽂혀 있어서 고개만 돌리면 누워서도 마실 수 있다. 칵테일 잔에는 노란 우산이 장식돼 있다. 수영장이 7개, 워터 슬라이드는 더 많다. 어린아이들은 해적선처럼 꾸며진 풀장을 좋아한다. 휴식용 풀은 조용하고 편안한 분위기다. 세련되게 꾸며진 방갈로에선 바다가 보인다. 꿈의 여름 휴가란 바로 이런 걸 두고 하는 말이었다.

사진은 그토록 멋져 보였다. 보고만 있어도 찬란한 여름의 태양과 바다와 모래를 생생히 느낄 수 있었다. 뚫어져라 쳐다보고 있다 보면 진짜로 남쪽 공기를 느낄 수 있다. 지금 나처럼.

여름방학 첫날부터 폭염이 찾아왔다. 전국이 뜨거운 태양빛에 타들어 가면서 최고 기온을 기록했다. 우리 집은 최소 80도는 될 것 같았다. 우리 반 누군가가 우연히 집 앞을 지나가다 남쪽에 간다더니 왜 창문을 활짝 열어 놓았는지 의아해할까 봐 창문을 열 수가 없었다. 대신 뒤뜰로 향한 창문은 열어 놓아도 괜찮을 것 같다. 매일 집에 혼자 있을 때는 뒤뜰 쪽 창문을 활짝 열어 두었다. 그래도 집 안 공기는 여전히 숨 막힐 듯 더웠다. 그래서 진짜 휴가지에 온 관광객처럼 땀을 뻘뻘 흘리며 앉아 있었다.

매일 아침 엄마가 교육받으러 가면, 나는 할머니에게 전화를 걸어 이런 무더위에 할 수 있는 일은 한 가지뿐이라고 말했다. 해수욕 가서 엄마가 집에 올 시간까지 노는 것. 할머니 집엔 너무 덥지 않은 날 가는 게 좋을 것 같다고, 명랑하게 이야기했다.

"그 나이엔 친구들과 노는 일이 더 좋은 게 당연하지. 할머니가 어렸을 땐 여름엔 항상 시골에서 보냈고, 아침부터 저녁때까지 종일 밖에서 뛰어놀았단다. 어른들은 너무 바빠서 우리와 놀아 줄 수가 없었거든."

수화기 속에서 할머니 웃음소리가 들렸다.

"재미있게 놀다 오렴."

우리는 전화를 끊었다.

나는 쉬지 않고 남쪽을 헤매고 다녔다. 몇 시간이고 앉아서 엄마와 나를 위한 완벽한 리조트를 골랐다. 우선 검색 조건을 정해야 한다. 수영장, 발코니, 바다 전망, 식사 제공, 워터 슬라이드를 빠짐없이 체크한다. 가격 순서대로 정렬한 다음 가장 비싼 호텔부터 보기 시작한다. 그중 가장 별점을 많이 받은 호텔을 고른다. 블루 라군 딜럭스라는 곳이 뽑혔다. 바다에 붙어 있는 스위트룸이 좋겠지. 바닷가에 나가고 싶지 않은 날도 있을 테니 테라스에도 수영장이 있어야 한다.

블루 라군 딜럭스의 프런트 데스크 직원은 친절해 보였다. 해변에 있는 바에는 분홍색 티셔츠를 입은 직원이 우산과 빨대로 장식한 유리잔을 들고 웃고 있었다. 스파실에서는 긴 갈색 머리에 화장을 곱게 한 여직원 두 명의 사진이 있었다. 그들도 웃고 있었다. 남쪽에서는 모두가 웃는다.

엄마는 오후에 집에 오면 바로 잠옷으로 갈아입었다. 오늘도 너무 힘들었고 기운이 쭉 빠졌다고 했다. 매일 똑같은 말과 똑같은 질문을 하고는 누워 버렸다.

"오늘도 재미있게 잘 놀았니? 밖에 나갔다 왔니?"

나는 전혀 그렇지 않았지만 항상 응, 하고 대답했다. 엄마는 내가 밖에서 즐겁게 놀았다고 하면 정말 기뻐했다. 어쨌건 지금은 여름방학 아닌가. 나도 엄마한테 두 가지 질문을 던졌다.

"수업은 어땠어? 재미있었어?"

엄마는 아니, 라고 했다. 그걸로 대화는 끝이 났다.

저녁에 오븐에 피자를 데울 때면 엄마는 항상 새우 이야기를 했다. 엄마는 새우를 좋아한다. 배터지게 새우를 먹어 보는 게 소원이다. 언젠가 우리 형편이 조금이라도 나아지면 새우로 한 상 가득 식탁을 차릴 계획을 짜기도 했다. 여름엔 새우와 흰 빵을 먹어야 한다나. 거기에 화이트 와인을 곁들여 바위에 걸터앉거나 발코니 아니면 배 위에 앉아서 먹어야 제맛이란다.

"집에서 냉동 피자나 먹고 있으면 안 되는데."

잠옷 차림의 엄마는 축 처져서 이렇게 말하곤 했다.

나는 피자도 맛있다고 말해 주었다. 나야 뭐 새우가 중요한 건 아니니까.

"우리 착한 딸."

엄마는 피자를 입에 가득 넣은 채 한숨을 쉬었다.

58

"올해는 우리가 꿈꾸던 여름방학은 아니지?"

그러고는 튈레바켄 협동주택의 후줄근한 뒤뜰을 쳐다보며 중얼거렸다.

"새우 생각을 해 보아도 기분이 나아지질 않네."

틸레바켄은 볼품없이 생긴 빌라 단지다. 뒤뜰에 풀이 조금 있고 나머지는 아스팔트로 덮여 있다. 마당 한가운데에 건조대가 몇 개 있지만 아무도 거기에 빨래를 널지 않는다. 건조대 바로 옆에는 쓰레기통이 있다. 초록색 플라스틱 쓰레기통은 가끔 쓰레기가 너무 많아서 뚜껑이 제대로 닫히지 않는다. 아침에는 새들이 구멍을 뚫어 놓은 비닐봉지, 음식물 쓰레기 봉지, 종이 들이 바닥에 널부러져 있곤 한다. 건조대 쪽에 모래 놀이터가 있는데 나뭇잎이 가득하고 고양이 오줌 냄새가 난다. 그리고 정글짐, 그네 두 개, 시소 한 개도 있다. 놀이 기구들은 녹이 슬어 탈 때마다 요란하게 삐걱삐걱 소리를 낸다. 아이들이 많이 사는데도 놀이 기구를 타는 애들은 거의 없다는 게 그나마 다행이다.

노란색으로 칠한 콘크리트 건물은 여기저기 페인트가 벗겨져 회색 시멘트가 드러나 있다. 틸레바켄 빌라들은 전부 4층으로 되어 있는데 뒤뜰에서 각 동으로 들어가는 입구가 있다. 우리가 사는 A동부터 J동까지 있어 입구가 무척 많다. 정확히 말하면 10개다.

우리 건물 출입구는 초록색으로 칠해져 있고 항상 어둡다. 출입구 전등은 뭔가 문제가 있는 듯 늘 깜빡거렸다. 켜졌다, 꺼졌다, 켜졌다, 꺼졌다.

"여기서 언제까지 살아야 해?"

이사 온 첫날 엄마한테 물었다.

예전에 살던 집으로 돌아가고 싶었다. 그 집에는 발코니가 있고 창문으로 공원이 보였다. 이 집에선 내 방이나 부엌에서는 뒤뜰이, 거실에서는 거리와 주유소가 보인다. 주유소는 24시간 열려 있고 사람들이 많이 지나다닌다.

"엄마도 잘 모르겠어. 당분간은 있어야겠지."

이 학교로 전학 온 첫날, 나는 큰 실수를 했다. 비디스 선생님이 내게 자기소개를 해 보라고 했다. 이름이 뭐고 어디 살며 취미가 뭔지 친구들에게 알려 주라는 거였다. 나는 이름을 말했고, 취미는 딱히 없어서 건너뛰었고, 얼마 전에 트로스테베옌 30번지로 이사 왔다고 했다. 그때 교실에서 누군가가, 아마 레이네였던 것 같은데, "그럼 틸레바켄 빌라에 사는 거야?"라고 물었다. 나는 그렇다고 했다. 그땐 뭘 몰라도 한참 몰랐기 때문이다. 나중에서야 누가 어디 사는지 물어보면 튈레바켄에 산다고는 절대 이야기하면 안 된다는 걸 알게 됐다. 키득거리는 소리가 들렸다. 그때서야 알았다. 아이들은 튈레바켄을 바퀴 빌라라고 불렀다.

그때부터 나는 줄곧 솔방투네 단지에서 산다고 했다. 솔방투네는 튈레바켄 바로 뒤에 있으니까 꼭 거짓말만은 아니다. 솔방투네에는 동으로 가는 길마다 자갈이 깔려 있고 정원과 차고도 있다. 놀이터에는 깨끗한 정글짐과 삐그덕거리지 않는 그네도 있다.

튈레바켄은 바퀴 빌라라는 별명이 어울리는 곳이다. 우리는 여기서 가을, 겨울, 봄을 보냈고 이제 여름인데 사계절 언제나 후줄근하다.

튈레바켄 협동주택에 오신 것을 환영합니다. 이렇게 쓰여진 간판에 누군가 검은 스프레이로 글자 켄을 퀴로 고쳐 놓아 튈레바퀴가 되어 버렸다. 그래도 아무도 그걸 지우려 하지 않았다.

여름 휴가 때 바퀴 빌라에 틀어박혀 있어야 하는 사람은 얼마나 지겨울까. 그런데 그게 바로 나였다. 우리 반 누군가가 볼까 봐 문밖으로 고개를 내밀 수도 없었다. 종일 집 안에 쭈그리고 앉아 있어야 했다. 감옥에 갇힌 죄수처럼.

여름방학은 466만 5,600초다. 방금 그걸 계산하느라 그중 25초를 썼다. 유튜브를 보는 데는 몇 초나 썼을까? 그건 잘 모르겠다. 슬라임 만들기 동영상은 정확히 285개를 봤다. 안타깝게도 내가 지금 남쪽에 있는 걸로 되어 있어서 슈퍼마켓에 가서 슬라임 만드는 데 필수품인 식염수랑 면도 크림을 사 올 수가 없었다.

인터넷에서 '자기 집+감옥'으로 검색했다가 나와 같은 처지에 있는 사람들 이야기를 읽었다. 범죄를 저질러서 족쇄를 차고 집에 감금되는 금고형에 처해진 사람들이었다. 또 우울증에 걸린 어느 아기 엄마는 자신이 집에 갇혀 있고 아이를 데리고 밖으로 나갈 힘이 없다고 믿었다. 어느 시인은 30년 동안이나 자기 집을 떠나지 않았다. 여러 가지 이유로 집 안에 갇혀 있는 사람들이 많았다. 나는 왜 갇혀 있게 되었는지, 이야기를 만들어 봤다. 진실을 인정하기가 너무 부끄러울 때는 거짓말을 조금 덧붙이면 기분이 한결 나아진다. 지금껏 내가 그래 온 것처럼.

슬라임을 마르고 닳도록 주물럭거리거나 아니면 인터넷에서 블루 라군 딜럭스 사이트를 보면서 시간을 보냈다. 홈페이지 사진에 있는 모든 사람에게 이름을 지어 줬다. 하도 많이 보다 보니 잘 아는 사람들처럼 느껴졌다. 스파에서 일하는 직원들은 모니카와 엘리자라고 부르기로 했다. 주방장 모자를 쓴 사람은 도르디, 프론트 데스크 직원은 요나단과 알렉산드라, 그리고 키즈 클럽에서 일하는 사람은 레안드라, 우산 장식이 꽂힌 음료를 들고 있는 사람은 마르가리타. 이름을 지어 주느라 몇 천 초의 시간을 보낼 수 있었다. 이름을 잘 지으려면 충분히 시간을 들여 생각해야 하는 법이니까.

또 이것저것 쓸데없는 것들을 세면서 시간을 보냈다. 서랍에 포크가 몇 개 있는지, 팬티가 몇 장 있는지, 주유소에 오전에는 자동차가 몇 대 오는지, 우리 반 애들이 채팅방에 사진을 몇 장이나 올리는지 등등.

마틸데는 포르투갈의 리조트에서 찍은 사진을 올렸다. 벌써 갈색으로 그을린 얼굴로 카메라를 보며 웃고 있었다. 머리카락이 바람에 나부끼고 있었다. 레이네는 파리에서 사진을 올렸다. 커다란 쇼핑백을 들고 에펠탑 앞에서 아이스크림을 먹으며 포즈를 취하고 있었다. 재미있겠다! 마틸데가 그 사진에 댓글을 달았다.

율리는 키프로스에서 사진을 찍었다. 모래사장은 흰색이고 바다는 옥빛이었다. 율리는 수영복을 입고 선글라스를 쓰고 있었다. 여기 대박이야. 율리는 이렇게 썼다. 마르쿠스는 커다란 보트에 앉아 있었다. 세상에 구명조끼가 그렇게 잘 어울리는 사람은 마르쿠스뿐일 거다. 마르쿠스는 눈을 감고 햇볕을 쬐고 있었다. 얼굴은 방학 전보다도 더 그을렸다. 요한네는 로포텐의 어부 집에서 찍은 사진을 올렸다. 요한네의 사진에 '좋아요'를 누르는 애들은 거의 없었다. 아무도 댓글을 달지 않았다.

나는 몇 시간이고 사진을 클릭했다. 채팅방에는 하루에도 새로운 사진이 수없이 올라왔다. 다들 밝은 햇볕 아래에서 빛나고 있었다. 모두 대박이었다. 지루하거나 화가 나거나 기분이 안 좋은 애들은 아무도 없었다. 하늘엔 구름 한 점 없었다. 다행히 아무도 나한테 사진을 올리라고 하지는 않았다.

개학했을 때를 생각하니 벌써부터 마음이 어두워졌다. 방학이 끝나면 여름방학을 얼마나 즐겁게 보냈는지 다들 이야기할 텐데.

기적이라도 일어나야 한다. 나는 기도했다. 올 여름은 내가 남쪽에서 보낸 휴가 중에 최악이었다. 그런데 사실 나는 여지껏 남쪽에 가 본 적도 없다.

그리고 정말 무슨 일이 일어나고야 말았다.

엄마와 식탁에 앉아 저녁을 먹고 있었다. 엄마는 다리를 꼬고 앉아서 차를 홀짝이고 있었다.

얼룩진 잠옷 바지를 입은 엄마가 피곤한 얼굴로 웃고는 말했다.

"할머니와 통화했는데, 네가 놀러 다니느라 할머니 집에 올 시간이 없다고 하시더라."

"맞아."

나는 거짓말을 했다.

그 시간에 나는 슬라임 만드는 동영상 23개를 보고 있었다. 하지만 해수욕장에 간 걸로 해 두었다.

"바다는 어땠어?"

엄마가 물었다.

"차가웠어."

짧게 답했다. 자세히 이야기하면 꼬리를 밟힌다.

"혼자 간 거야?"

"아니, 마리아랑 같이."

나는 계속 거짓말을 했고 엄마는 미소 지었다. 엄마가 듣고 싶은 말을 해 줬으니까. 정말 마리아와 해수욕장에 가면 좋겠다. 베스트 프렌드와 하루 종일 바닷가에서 놀 수 있다면.

"마리아를 우리 집에 초대하면 좋겠다. 엄마도 꼭 한번 만나고 싶어."

나는 고개를 끄덕였다. 가슴이 쿵쾅거렸다. 심장이 조이는 것 같기도 하고 간지러운 것 같기도 했다.

"마리아도 새우를 좋아하지 않을까?"

나는 또 고개를 끄덕였다.

"물어볼게"

다리가 떨려 손으로 꼭 잡았다.

"너랑 나, 마리아까지 불러서 새우 파티를 하면 정말 멋질 거야."

엄마가 꿈꾸듯 말했다.

나는 세 번째로 고개를 끄덕였다. 이제 마리아 이야기는 그만하도록 빨리 화제를 바꿔야 한다. 엄마를 쳐다봤다.

"엄마, 만약에 엄마가 고를 수 있다면 나랑 어디로 휴가를 떠나고 싶어?”

엄마가 웃었다. 엄마는 이런 이야기를 좋아한다. 이마를 찡그리는 걸로 보아 열심히 생각하는 눈치였다.

“남쪽으로 가야지.”

마침내 단호하게 말했다.

“남쪽이라고?”

“그래. 태양과 모래와 바다가 있는 어딘가에 가서 아무 생각 없이 그저 쉬고 싶어.”

블루 라군 딜럭스네. 엄마와 나는 커다란 스위트룸을 예약하는 거야.

“세상에 남쪽이라는 곳이 어디 있어. 엄마는 그것도 몰라?”

엄마가 씩 웃었다.

“무슨 말인지 알잖니. 크레타 섬이든 스페인이든 포르투갈이든 로도스든 아무 데나 괜찮아. 중요한 건 남쪽으로 떠나는 거지.”

물론 나는 무슨 말인지 안다. 세상에서 나만큼 그 말을 잘 이해하는 사람이 또 있을까.

기분 좋게 잘 준비를 했다. 입에서 치약 냄새가 났고 깨끗한 잠옷으로 갈아입은 참이었다. 엄마는 거실에 앉아 텔레비전을 보고 있었다. 오늘은 화요일이지만 아까 우리는 감자칩을 먹고 레모네이드를 마셨다. 엄마는 분명히 1등짜리 복권에 당첨된다면 어떻게 할지 20분은 고민했을 거다.

하늘은 붉은색이었다. 금빛으로 빛나는 붉은색 공처럼 생긴 태양이 F동 쪽으로 천천히 가라앉고 있었다. 조금 열린 창문으로 여름날 저녁의 더운 공기가 방으로 스며들었다.

바로 그때였다. 태양이 빌라 지붕 밑으로 내려갔을 때였다. 재앙이 닥치고야 말았다.

"이나?"

누군가 뒤뜰에서 내 이름을 불렀다.

나는 얼어붙었다. 숨도 쉴 수가 없었다.

어디선가 들어 본 목소리인데 선뜻 기억이 나지 않았다. 남자애 목소리였다.

"안녕!"

나는 뒷걸음질 치며 창문에서 물러났다. 몸을 쪼그리고 앉은걸음으로 침대로 갔다. 하지만 이제 와서 숨는다고 해도 너무 늦었다.

"이나?"

누군가 내 뒷목을 잡아당기는 기분이었다. 무언가에 찔리는 듯 가슴이 아팠다. 나는 침대 위 전등을 꺼 버렸다. 내 방에 있는 유일한 조명이다. 그러나 그리 어둡지 않았다. 1년 중 가장 밤이 짧은 때다. 세상이 여전히 잘 보였다. 허리를 숙이고 창가로 가서 살며시 밖을 내다봤다.

나를 부른 그 사람이 아직도 거기 서서 내 방 창문을 올려다보고 있었다. 푸른색 티셔츠를 입은 곱슬머리 남자애였다.

뒤뜰 쪽 창문을 열어 두는 게 아니었다. 어떻게 우리 빌라로 이사 온 전학생이 있다는 사실을 잊어버릴 수 있었을까?

빌메르. 그 애가 나를 보았다. 세상에서 가장 짜증나는 이웃. 이제 빌메르는 내가 남쪽에 가지 않았다는 사실을 알아 버렸다.

다음 날 아침 땀에 흠뻑 젖어 눈을 떴다. 창문을 닫고 잤더니 방이 사우나 같았다. 커튼도 쳐 놓고 있었다. 이미 들켰지만 그래도 집에 없는 것처럼 보이고 싶었다.

원래 오늘은 살금살금 밖으로 나가서 자전거를 타고 할머니 댁에 가려고 했다. 어제 엄마의 옷장에서 아주 커다란 밀짚모자를 찾아 두었다. 모자를 푹 눌러쓰면 얼굴이 충분히 가려지는지 한참을 거울 앞에 서서 살펴보았다. 하지만 빌메르한테 들켰으니 아예 밖에 나가지 않는 게 낫겠다는 생각이 들었다. 할머니께 전화를 걸어서 마리아네 집에 간다고 말씀드렸다.

"알았다. 우리 아가."

할머니는 나를 이렇게 불렀다.

할머니는 기뻐하는 기색이었다. 할머니한테 오는 것보다 친구들과 노는 걸 더 좋아하는 게 당연하다고 하셨다.

"올해는 네가 꿈꾸던 여름방학은 아니지?"

엄마와 똑같은 말이었다. 둘이 말이라도 맞춘 걸까?

"그래도 네가 친구와 잘 놀러 다녀서 정말 다행이다. 어려운 상황에서도 최선을 다하고 있으니 대견하다. 우리 아가."

어른들이 하나같이 내가 잘 해내고 있다고 믿다니 어이가 없다. 실제로 내가 방학을 어떻게 보내고 있는지 털어놓으면 할머니는 뭐라고 하실까? 할머니는 내가 어릴 때처럼 친구들이 많고 늘 떠들썩하고 바쁘게 돌아다니는 줄 알고 좋아하신다. 할머니는 내가 다른 평범한 아이들처럼 행복하게 지내기를 바라고 슬픈 일에 대해서는 이야기하지 않으신다. 엄마가 기운이 없어지고, 직장을 잃고, 우리가 튈레바켄으로 이사 가야 했을 때 할머니는 정말 속상해하셨다. 예전에 우리는 훨씬 더 먼 곳에 살았다. 그래서 자주 오시지는 않았지만, 할머니가 다녀가시고 나면 엄마는 항상 울었다.

"재미있게 잘 놀다 와!"

할머니가 전화를 끊었다.

저녁때 빌메르가 다시 뒤뜰에 나타났다. 빌메르가 우리 집 창문을 향해 내 이름을 부르는 소리가 들렸다. 창문은 닫혀 있었다. 나는 불을 끄고 어두운 방에 앉아 있었다. 빌메르가 투시력이 있어서 벽을 뚫고 나를 보기라도 할 것처럼 꼼짝도 하지 않고 앉아 있었다. 이마에는 땀방울이 맺히고 윗옷은 땀에 젖어 등에 달라붙었다. 빌메르는 내 이름을 네 차례나 부르더니 조용해졌다.

침대에서 일어나려는데 또 무슨 소리가 들렸다. 무언가가 우리 집 창문을 두드리고 있었다. 두드리는 속도가 너무 빨라 몇 번인지 세지도 못했다. 나는 커튼을 조심스럽게 들추고 커튼 틈으로 밖을 내다봤다. 빌메르가 팔을 크게 휘두르며 3층 우리 집 창문으로 작은 돌조각을 던지고 있었다. 그 모습이 좀 우스워 보이기도 했다.

잠시 후 빌메르는 포기한 듯 F동 쪽으로 갔다. 곧 내 방에서 대각선 방향으로 마주 보이는 3층 어떤 방의 불이 켜졌다. 빌메르가 책상에 앉아 모니터를 보고 있는 모습이 보였다. 빌메르는 혼자였고 외로워 보였다. 나만큼이나.

며칠 동안 빌메르의 눈을 피해 창문을 닫고 커튼을 치고 지냈다. 진작 이번 방학은 망했다 했는데 지금은 상황이 더 끔찍해졌다. 나는 찜통 같은 집에 앉아 남쪽을 원망했다. 거짓말한 나 자신을 원망했다. 어째서 그냥 빌메르처럼 있는 그대로 말하지 않았을까? 엄마가 파산했다고 말해야 했다는 것이 아니다. 그냥 집에서 편하게 있을 거라고 말했어야 한다. 그렇게 휴가 보내는 걸 좋아한다고 했으면 됐을 텐데.

레이네는 크레타 섬에 갔다. 엄청나게 큰 수영장 앞에서 찍은 사진을 올렸고 반 아이들 거의 모두가 '좋아요'를 눌렀다. 율리는 분홍색 꽃이 가득한 벽 앞에서 프랑스 국기를 들고 사진을 찍었다. 율리 사진도 모두가 '좋아요'를 눌렀다. 마르쿠스는 스페인 해변에서 형제들과 수영을 하고 있었다. 마틸데가 하트를 눌렀다. 더위, 후덥지근한 공기, 말라죽어 가는 화분을 끼고 앉아 이런 사진을 보다가 잠깐 어떻게 된 게 틀림없었다. 갑자기 멋대로 내 손가락이 움직였다. 나는 블루 라군 디럭스 호텔 홈페이지에서 눈부신 햇볕 속 수영장 사진을 하나 골라 풀장에서 쉬는 중이라고 적고는 단체 채팅방에 올려 버렸다. 1초도 생각하지 않고 보내 버렸다.

한동안 아무도 대답하지 않았다. 손에서 쥐가 나도록 휴대폰을 움켜쥐고 뚫어져라 쳐다봤다. 좋아요 0, 댓글 0. 내가 한 짓을 후회하기 시작했다.

그때 반응이 나오기 시작했다. 멋지다. 요한네가 댓글을 달았다. 재미있게 보내. 우나도 썼다. 테오도르는 태양 모양 이모티콘을 보냈다. 많은 아이들이 내 사진에 '좋아요'를 눌렀다. 마틸데만 빼고. 레이네만 빼고. 마르쿠스만 빼고.

빌메르는 저녁마다 창문 아래에서 돌 조각을 던졌다. 나는 침대에 누워 창문에 딸깍딸깍 부딪치는 소리를 셌다. 어느 날은 여덟 번, 다른 날은 일곱 번이었다. 무슨 생각으로 계속 저러는지 궁금해지기 시작했다. 전부터도 빌메르란 애는 나사 하나가 빠진 애 아닌가 생각했는데 이제 보니 틀림없었다. 빌메르가 자기 집으로 돌아가면 나는 항상 커튼 틈으로 몰래 훔쳐봤다. 그 애 집에 불이 켜지면 창문 뒤에 곱슬머리가 나타난다. 나는 계속 그 애를 훔쳐본다. 내가 왜 그러는지는 나도 잘 모르겠다. 빌메르는 책상 앞에 앉는다. 걔 방인 것 같다. 밝은 하늘색 벽에는 그림 한 장, 사진 한 장 걸려 있지 않았다. 컴퓨터를 하는 것 같았다.

이 날은 창문에 아홉 번 부딪치고 나서야 조용해졌다. 조심스럽게 밖을 내다봤다. 빌메르가 자기 방 불을 켜고 창가에 서더니 내 쪽을 똑바로 쳐다보고 있었다. 밤 11시는 됐다. 욕실에서 엄마가 전동칫솔로 이 닦는 소리가 윙윙 울려 나왔다. 그때 내 휴대폰에서 희미한 신호음이 들렸다. 화면이 잠시 켜지더니 손전등을 켠 것처럼 차가운 불빛이 방을 비춘다. 모르는 번호에서 문자 메시지가 왔다. 일곱 글자와 물음표 한 개가 화면에 떠 있다.

남쪽엔 왜 안 갔어?

다음 날 아침 일찍 일어났다. 라디오에서 오페라 음악의 한 대목이 흘러나왔다. 엄마가 물을 따르고 유리컵을 내려놓는 소리가 들렸다. 어젯밤에 꿈을 꾼 건 아닌지 휴대폰을 확인했다. 메시지는 어제 그대로였다.

엄마는 식탁 의자에 앉아 차를 홀짝이며 딸기잼 바른 빵을 씹고 있었다.

"어제 걔가 너한테 연락했니?"

부엌으로 들어가자 엄마가 물었다.

"이름이 뭐였더라……."

나는 놀라서 엄마를 쳐다보았다. 방금 지구에 착륙해서 혼자만 무슨 일이 일어나고 있는지 몰라 어리둥절해하는 외계인이 된 기분이었다.

"어제 어떤 남자애가 전화해서 네 전화번호를 묻더라."

엄마는 이빨에 잼을 묻힌 채로 웃었다.

"올해 가을부터 너희 반으로 전학 오는데, 그전에 너와 친해지고 싶다고 하더라고."

빌메르. 걔가 보낸 문자라고 짐작은 했다. 어제 번호를 검색해 봤지만 저장한 번호에는 없었다.

"아주 좋은 애 같더라. 싹싹하고 예의 바른 애였어."

엄마는 빵을 크게 한입 베어 물고는 계속 말했다.

"이름이 뭐였는지 생각이 안 나네. 좀 특이한 이름이었는데."

나는 이름을 알려 주지 않았다. 그냥 아무도 전화 안 했다고 대답했다. 그리고 화제를 바꿔서 마리아와 자전거 타러 갈 거라고 했다.

엄마는 얼굴이 환해졌다. 힘든 여름이지만 최선을 다해 즐겁게 살아가는 완벽한 딸. 그게 바로 나였다.

"자, 그럼 엄마도 서둘러야겠다. 안 그러면 수업에 늦겠어."

엄마는 금세 행복에 겨운 목소리가 됐다.

"헬멧 꼭 써야 해!"

현관에서 신발을 신으며 엄마가 소리쳤다.

나는 어제의 문자 메시지를 여덟 번은 읽었다. 그다음에 이를 닦고 머리를 빗고 뒤로 모아 하나로 묶은 다음 거울을 봤다. 그러고 다시 문자 메시지를 다섯 번 더 읽었다. 이 짧은 문자는 친근한 걸까, 무례한 걸까? 남쪽에 왜 안 갔냐고? 뭐라고 대답해야 할까. 물론 엄마가 아프다거나 태풍 때문에 비행기가 결항이라거나, 뭐 이런 핑계를 댈 수도 있다. 그러나 그 거짓말을 말이 되게 하려고 또 더 많은 거짓말을 해야겠지.

그래서 답을 보내지 않았다.

나는 빌메르와 친해지고 싶지 않다. 내가 거짓말을 했다고 인정하고 싶지도 않다. 빌메르와 같이 놀 이유가 하나도 없다. 걔는 재미없고 내 스타일도 아니다. 우리가 같은 관심사를 찾아서 친해질 일은 절대 없을 거다.

나는 위험을 무릅쓰고 주유소 쪽으로 난 창문을 열었다. 신선한 공기를 쐬면 머리가 맑아질 것 같았다.

빌메르는 정말로 나와 친해지고 싶어 하는 것 같다. 그렇지 않다면 왜 굳이 힘들게 내 창문에 돌을 던지고, 우리 엄마 이름을 알아내고, 엄마한테 전화해서 내 전화번호를 묻고, 내게 이상한 문자를 보냈겠는가. 그러느라 애썼을 걸 생각하니 마음이 좀 움직였다. 다시 창문을 닫았다. 그래, 뭐 뒤뜰에서 잠깐 놀 수는 있겠지. 다른 애들이 안 보는 곳에서. 어쨌든 지금은 달리 놀 애도 없으니까. 게다가 집 밖으로 한 발짝도 안 나간 지 벌써 9일째였다.

저녁이 되자 언제나처럼 빌메르와 빌메르의 아빠가 사는 집에 불이 켜졌다. 형제나 아니면 역시 파산한 엄마도 같이 살까? 아니면 동물을 키울까? 나는 오늘도 뒷마당에서 내 이름을 부르는 저 아이에 대해 아무것도 모른다. 빌메르는 오늘도 돌을 던진다. 나는 침대에 조용히 앉아 몇 번이나 던지는지 세고 있다. 웃음이 비어져 나오면서 자꾸 입꼬리가 올라가는 게 느껴졌다. 딸깍거리던 소리가 그쳤다. 나는 창가로 가서 커튼에 얼굴을 묻고 잠시 심호흡을 한 다음 천천히 커튼을 젖혔다.

빌메르는 아래에 서 있었다. 동상처럼 꼼짝도 하지 않았다. 나도 창가에 동상처럼 우뚝 서 있었다. 가슴이 두근거렸다. 빌메르가 나를 올려다본다. 나도 빌메르를 쳐다본다. 웃지는 않았다. 빌메르는 파란색 티셔츠를 입고 있다. 머리카락이 헝클어져 있다. 빌메르도 웃지 않는다. 몇 초나 지났을까. 세어 보지 않았다. 그냥 서 있었다. 늘 나를 가려 주던 커튼 뒤에서 나와 얼굴을 드러낸 채 꼼짝도 하지 않고 서 있었다.

나는 교차로에 서서 교통정리를 하는 경찰처럼 왼손을 들었다. 빌메르는 왕에게 경례하는 군인처럼 오른손을 들었다. 나도 모르게 또 웃음이 비어져 나왔다. 빌메르도 웃었다. 빌메르는 한 손으로 자신과 나를 번갈아 가리켰다. 손을 바꿔서 또 손짓했다. 제자리에서 펄쩍 뛰었다. 버둥거렸다. 바보 같으니라고. 시계태엽 인형이 이상한 엇박자 춤을 추는 것 같았다.

빌메르는 세상에서 가장 짜증 나는 이웃이다. 그래도 집 안에 죄수처럼 갇혀 있는 처지에 너무 많은 걸 바랄 수는 없다. 그리고 노르웨이에서 가장 후줄근한 뒤뜰의 아스팔트에서 경중경중 뛰어다니는 모습이 좀 재미있기는 했다. 나는 주머니에서 휴대폰을 꺼냈다. 모르는 번호에서 온 문자 메시지를 찾았다. 저 아래에서 한여름밤의 춤을 추고 있는 소년이 보낸 문자를.

이제 답장을 보냈다.

남쪽이란 건 없어.

그 애가 문자를 보고 어떤 반응을 보일지 궁금했다.

빌메르는 춤을 멈추고 주머니에서 휴대폰을 꺼냈다. 나를 올려다봤다.

휴대폰이 울렸다.

우리 내일 만날까?

화면엔 이렇게 떠 있었다.

다음 날 아침 뒤뜰로 내려가자 빌메르가 출입구 바로 앞에서 기다리고 있었다.

"왔구나!"

빌메르는 여름방학 시작하고 열흘 내내 여기서 나를 기다리기라도 한 것처럼 좋아했다.

빌메르는 방학식 날 입었던 반바지를 입고 있었다. 엉덩이 아래로 축 처진 그 반바지 말이다. 위에는 너무 큰 데다 색이 바래 가는 검은색 티셔츠를 입었다. 머리가 긴 남자 넷과 해골 하나가 그려진 티셔츠였다.

"이건 우리 아빠 옷이야."

내가 자기 가슴께를 뚫어져라 쳐다보자 빌메르가 말했다.

"헤비메탈 음악 팬이거든."

나는 그게 무슨 중요한 정보나 되는 양 진지하게 고개를 끄덕여 주었다. 아무래도 빌메르는 옷을 고를 때 생각이라곤 안 하는 것 같다. 동물원 티셔츠든 헤비메탈 티셔츠든 형편없긴 마찬가지였다. 빌메르와는 아주 딴판으로 항상 완벽한 옷차림을 하고 다니는 마르쿠스가 떠올랐다.

"네 방 창문에 계속 돌을 던져서 미안해. 내가 무슨 생각으로 그랬나 모르겠어. 있잖아. 네가 이상하게 생각할까 봐 그러는데, 나 스토커나 사이코는 아니야. 진짜로."

빌메르는 스토커, 사이코라고 말할 때는 괴물 같은 표정을 지어 보였다.

"방학인데 혼자 놀려니까 너무 심심해서 그랬어."

태양이 머리 꼭대기 위에 솟아 있어 빌메르의 곱슬머리가 반짝 반짝 빛났다. 지금까지 나는 한마디도 하지 않았다. 뭐라고 말해야 할지 몰랐다. 어째서 나는 문자에 답을 했을까? 왜 커튼을 걷었을까? 그냥 뜨거운 집에 있는 편이 낫지 않았을까? 갑자기 후회가 됐다. 집 안은 너무 심심하지만 그래도 최소한 마음이 복잡하지는 않았다. 지금은 어떻게 해야 할지 막막했다.

빌메르는 빈 모래 놀이터, 세탁물 건조대, 삐그덕거리는 놀이 기구들을 쳐다봤다. 그러곤 다시 나를 봤다. 그 애 얼굴은 밝았다. 눈은 하늘색이었다.

"가자. 보여 줄 게 있어."

나는 빌메르를 따라 뒤뜰을 지나갔다. 어떤 남자와 여자가 소리를 지르며 싸우고 있었다. 어떤 아이가 세발자전거에서 떨어져 울고 있었다. 빌메르는 빠른 걸음으로 어딘가를 향해 걸었다. 뒤뜰 뒤쪽은 해가 지붕에 가려 그늘져 있었다. 젖은 아스팔트 냄새가 났다.

"저쪽이야."

빌메르는 내가 한 번도 눈여겨본 적 없는 작은 계단을 가리켰다.

일곱, 아니 여덟 계단을 내려가자 문이 있었다. 언뜻 보아서는 눈에 잘 띄지 않는 문이었다. 계단 아래쪽은 시든 나뭇잎으로 덮여 있었다. 벽에는 페인트로 낙서가 휘갈겨 있었다.

빌메르가 앞장서 내려갔다.

"이쪽이야, 이나."

그 애가 내 이름을 부르는 소리가 상당히 듣기 좋았다. 우리가 아주 친한 사이이고 앞으로 재미있는 일을 함께 할 것 같은 생각마저 들었다.

빌메르는 문 앞에 서서 나를 기다렸다. 나는 그 애가 서 있는 곳까지 한 계단 한 계단 내려갔다. 계단이 좁아서 내 팔이 빌메르 티셔츠에 닿았다. 그 애 숨결이 느껴졌다. 곱슬머리에서는 어떤 향기가 났다.

빌메르가 주머니에서 무언가를 꺼냈다. 금속으로 만들어진 날카로운 도구였다. 그 도구를 열쇠 구멍에 넣고 돌리면서 몸으로 문을 밀었다. 그러자 딸깍 소리가 나며 문이 열렸다.

"비밀 아지트에 온 걸 환영해."

빌메르는 씩 웃으며 나 먼저 안으로 들여보냈다.

방안은 어둡고 지하실 냄새가 났다. 축축하고 곰팡이 냄새가 훅 끼쳤다.

한쪽 벽에는 책상이 있었다. 한때는 흰색이었을 텐데 지금은 누래지고 페인트칠이 벗겨져 있었다. 맨 위 서랍이 열려 있고 그 안에 종이가 몇 장 들어 있는 게 보였다. 책상 옆에 달린 전등은 전등 갓이 책상에 닿을 듯 축 늘어져 있고, 책상 의자는 바퀴가 하나 빠져 있었다. 다른 쪽 벽에는 소파와 낮은 탁자가 있었다. 붉은색 천 소파 여기저기에 스펀지가 튀어나와 있고, 그 위에 수를 놓은 쿠션이 놓여 있었다. 할머니들이 좋아할 법한 구식 쿠션이었다. 책상 옆 바닥에는 녹슨 공구들이 들어 있는 커다란 공구 상자가 있었다. 이 방에는 다시 다른 방으로 통하는 문이 두 개 있었다. 문틀은 짙은 갈색이었다.

나는 말없이 방을 둘러보았다. 여기는 어디일까?

빛이라곤 작은 창으로 들어오는 게 전부였다. 빌메르가 천장 등을 켜고 방으로 들어왔다. 그 애가 걸을 때마다 바닥에서 이상한 소리가 났다. 무언가 끈적거리는 걸 밟는 듯한 소리였다.

"요즘 여기서 자주 놀았어."

나는 아무 말도 하지 않았다. 아까 빌메르가 자기는 스토커나 사이코가 아니라고 했지만 정말 아닌지 의심스러웠다. 대체 여기서 뭘 했을까? 동굴같이 어두운 이 지하실은 바퀴 빌라의 바퀴들이 사는 곳 같았다. 쟤네 집은 어떻길래 집에 있는 것보다 여기 오는 게 좋은 걸까? 얼마나 지독한 여름방학을 보내고 있는 걸까?

검은색 티셔츠를 입은 소년은 집 안을 이리저리 돌아다니다가 문 하나를 열었다. 변기와 세면대가 있는 작은 방이 보였다.

"고장 안 났어. 잘 되더라고."

빌메르는 수도를 틀어 보였다. 허접한 물건을 팔아먹겠다고 애쓰는 영업사원 같았다.

"이것 봐."

빌메르는 또 다른 문을 열었다. 문이 삐그덕 소리를 내며 열렸다. 방을 들여다보고 불을 켜더니 내게 손짓했다.

방 안쪽으로 주방 의자가 보였다. 싱크대에는 씻어야 할 유리컵 두 개와 접시가 들어 있었다. 구석에서 작은 냉장고가 윙윙 소리를 내면서 돌아가고 있었다. 전기레인지는 20년 전에 누군가 미트볼을 해 먹고 나서 닦는 걸 잊어버린 것처럼 더럽기 짝이 없었다.

"나는 여기서 요리도 했어."

빌메르가 자랑스럽게 말했다.

레인지 옆 한쪽 구석에 빈 피자 상자가 두 개 있었다. 빌메르는 나와 똑같은 브랜드의 피자를 좋아하는 것 같았다. 주방 한가운데에 작은 식탁과 의자 두 개가 있었다. 쟤는 여기서 혼자 밥을 먹는 걸까?

"이 집에 살던 사람은 안톤이었어. 안톤 베른첸."

빌메르가 머리를 긁적였다.

"조사를 좀 해 봤지. 서류에 그렇게 써 있더라고. 틸레바켄의 예전 관리인이었어. 그런데 일을 잘하지는 못했던 것 같아."

빌메르는 웃으며 냉장고로 갔다.

"소파에 편하게 앉아."

거실 쪽을 가리키며 말했다.

놀랍게도 소파는 부드럽고 편안했다. 부엌에서 빌메르가 달그락거리는 소리가 들렸다. 그러니까 빌메르와 나는 지금 친구처럼 함께 있다. 우리가 함께 있는 모습을 아무도 볼 수 없다는 게 다행이었다.

빌메르가 왔다. 쟁반에 유리컵 두 개와 콜라 한 병을 받쳐 들고 있었다. 컵에는 노란색과 분홍색 빨대가 하나씩 꽂혀 있었다.

"짜잔."

빌메르는 지저분한 수영장 바에서 어울리지 않게 친절하게 구는 웨이터처럼 과장된 몸짓으로 컵을 내밀었다.

빌메르는 누렇게 변한 책상으로 가서 맨 위 서랍을 열었다. 종이 몇 장이 슬로 모션으로 펄럭이며 바닥에 떨어졌다. 빌메르는 종이들을 주웠다.

"얼마 전에 서류 한 뭉치를 찾았어."

빌메르는 서랍을 통째로 빼더니 소파로 가져와서 내게 보여 주었다.

"대부분 관리 서류들이야. 안톤은 전구와 소모품을 주문했어. 그런데 돈 내는 걸 깜빡했나 봐."

빌메르가 종이를 한 장 들어 보였다.

은행에서 온 편지였다. 관련된 비용을 지불해 주실 것을 요청드립니다라고 굵고 커다란 글씨로 쓰여 있었다.

"이 종이 더미들을 계속 뒤져 봤는데……."

빌메르는 멋쩍은 듯 잠시 말을 멈췄다. 관리인의 옛날 편지를 뒤지며 여름방학을 보내는 게 얼마나 이상해 보이는지 알기는 하나 보다.

"항의 편지가 얼마나 많았는지 알아? 튈레바켄에 살던 사람들은 안톤 때문에 정말 화가 났어. 전기가 들어오지 않는 집들이 있었대. 안톤은 계단을 고치지 않았대. 그레테 브라트베르그는 누전 차단기를 열었다가 감전되는 바람에 병원에 가야 했고."

빌메르는 서랍이 기울지 않게 무릎에 올려놓고는 내 쪽으로 붙였다.

"들어 봐."

그러고는 종이 한 장을 들어 보이더니 거기 쓰여 있는 말을 읽었다.

우리는 줄곧 안톤 베른첸 씨의 업무 태도에 만족했습니다. 그러나 친절하고 성실했던 관리인께서는 최근 입주민들에게 친절하지 않고 자신의 일을 수행하려 하지 않습니다. 이 점이 바뀌지 않는다면 퇼레바켄 협동주택 관리자로서의 직책에서 물러나도록 요청드릴 수밖에 없을 것입니다.

빌메르는 이마를 찡그렸다.

"관리인이 소파에 앉아 노는 것만 좋아했나 봐. 나처럼. 불쌍한 안톤. 안됐어."

빌메르는 냉장고에서 콜라 한 병을 더 가져왔다. 그리고 처음 이 집을 어떻게 발견했고 문을 어떻게 열었는지 이야기를 이어 나갔다.

"처음엔 지금보다 더 지독했어. 청소하고 몇 가지를 좀 고쳤지."

사이코라는 말이 또 생각났다. 빌메르가 연장을 가져와서 도둑

이 아파트에 몰래 침입하듯 자물쇠를 부수는 장면이 머릿속에 그려졌다. 혼자서 소파를 청소하고, 냉장고에 콜라를 넣고, 오븐에 피자를 굽고, 게을렀던 관리인의 물건들을 정리했을 거다.

"여기에 신기한 게 엄청 많았거든. 그리고 여름방학 내내 집에 있으면 너무 심심하잖아."

빌메르가 진지한 표정으로 나를 쳐다봤다. 내가 무슨 말을 하길 기다리는 것 같았다. 왜 남쪽에 가지 않았는지 말해 주기를 기대하는 걸까.

나는 화제를 다시 안톤으로 돌렸다.

"그 사람이 여기서 언제 관리인으로 일했는데?"

나는 서랍을 내 무릎 위에 올려놓고 편지의 날짜들을 뒤져 보았다. 1963. 1966.

"안톤은 어떻게 됐을까?"

종이 뭉치를 끄집어내자 갑자기 서랍 한구석 봉투 아래에서 금색으로 반짝이는 무언가가 눈에 띄었다.

"대박, 이게 뭐지? 나도 이건 처음 봐."

빌메르가 말했다.

금반지였다. 어린아이 것처럼 작고 가늘었다. 빌메르는 엄지와 검지로 조심스럽게 반지를 집고는 빛에 비춰 봤다.

"뭔가 새겨져 있어."

나는 손을 내밀었다.

빌메르가 반지를 건네줬다. 내가 소리 내어 읽었다.

너의 안톤. 1962년 8월 16일 약혼 기념.

우리는 반지를 들여다봤다.

"안톤에게 애인이 있었어."

빌메르의 입이 벌어지더니 함박웃음을 지었다.

"하지만 안톤에게 다시 약혼반지를 돌려준 것 같아."

내가 말했다.

"그래서 일할 마음이 없었나 봐. 사정을 알고 나니 더 딱하네."

빌메르가 한숨을 쉬었다.

우리는 말없이 콜라를 마셨다. 빌메르가 반지를 손가락에 끼어 봤다. 나는 엄마가 전화했는지 보려고 휴대폰을 확인했다. 빌메르 가 내 휴대폰 배경 화면을 보는 게 느껴져 얼른 가방 속에 다시 넣 었다. 내 휴대폰 배경 화면은 블루 라군 딜럭스 호텔의 수영장 사 진이었다.

"마틸데 집에서 네가 남쪽에 간다고 얘기했을 때……."

빌메르가 갑자기 말을 시작했다.

나는 얼굴이 달아올라 먼 곳을 쳐다봤다. 지금은 그 이야기를 하 고 싶지 않았다. 지금은 아니었다. 나는 왼손을 허벅지 밑에 넣고 행운을 빌 때 늘 하듯이 몰래 손가락을 꼬았다.

"……예전의 나를 보는 것 같았어."

가슴이 다시 두근거렸다.

"왜냐하면 나도 똑같은 일을 했거든."

나를 쳐다보는 시선이 느껴졌지만, 나는 고집스럽게 바닥만 쳐다보았다.

"나도 거짓말을 했어."

거짓말.

그 말이 허공에서 맴돌았다.

"말하자면 작년에 나는 몰디브해에 있었던 거지. 아닌가? 몰타였나? 아무튼 네가 간다던 남쪽만큼이나 멋진 곳이야."

나는 천천히 고개를 들었다. 검은색 티셔츠를 지나 빌메르 얼굴을 쳐다봤다. 밝은 하늘색 눈이 여전히 호의적인 표정으로 나를 보고 있었다.

"아무한테도 말하지 않을게."

삐뚤어진 앞니를 내보이며 그 애가 밝게 웃었다.

그 날 밤 마르쿠스 꿈을 꾸었다. 마르쿠스와 내가 소파에 바싹 붙어 앉아 있었다. 우리는 레모네이드를 마셨다. 나는 마르쿠스의 빨간 티셔츠에 기대어 선크림과 세제 향을 들이마셨다. 갑자기 티셔츠가 검은색으로 변했다. 빌메르의 티셔츠였다. 마르쿠스한테 곱슬머리와 비뚤어진 앞니가 생겨났다. 엄지와 검지로 금반지를 들고 나와 약혼하지 않겠느냐고 물었다. 빌메르 목소리였다. 그때 내가 빌메르와 나란히 앉아 레모네이드를 마시고 있다는 걸 알았다.

그 순간 잠에서 깼다.

침대 옆 탁자에 두었던 휴대폰에 불이 들어왔다. 눈에 익은 번호에서 문자가 왔다.

오늘도 네가 오면 좋겠어.

선글라스를 끼고 씩 웃는 이모티콘 세 개가 붙어 있었다.

엄마는 주방에 있었다. 정상적인 옷을 입고 계란 프라이를 만들고 있었다. 흰색 치마와 보라색 블라우스를 입고 머리도 단정하게 빗었다. 라디오에서 즐거운 음악이 흘러나왔고 엄마는 그 멜로디를 따라 흥얼거리고 있었다.

"잘 잤니, 이나."

엄마가 나를 보고 웃었다.

나는 엄마를 뚫어져라 쳐다봤다. 남들한테는 아침 7시 30분에 엄마가 옷을 제대로 갖춰 입고 계란 프라이를 만드는 게 별일 아닐지도 모른다. 하지만 나는 엄마에게서 눈을 뗄 수가 없었다. 엄마는 교육에서 배우는 게 아무것도 없다고 했지만, 실은 효과가 있었던 거다.

"오늘은 뭐 할 거야?"

나는 창밖을 내다봤다. 햇살이 비치고 있었다.

"해수욕장."

짧고 무뚝뚝하게 대답했다.

엄마는 계속 웃고 있었다.

"마리아랑?"

"음."

나는 고개를 끄덕였다.

"마리아를 우리 집에 한번 부르지 않을래? 우리 집에서 하룻밤

자도 좋고. 내일은 어때?"

나는 엄마를 보았다. 엄마의 즐거운 표정, 기대에 가득 찬 미소를 보았다. 오랜만에 기분이 아주 좋아 보였다. 이럴 때 얼른 사실을 털어놓는 게 좋지 않을까?

엄마는 진지한 표정으로 대답을 기다렸다. 마리아는 우리 집에 놀러 올까? 내 베스트 프렌드 마리아는 지난겨울 내가 만들어 낸 친구다. 새로 전학 온 학교에서 친구 한 명 사귀지 못하자 엄마가 너무 속상해했기 때문이다. 이제 또 어떻게 내가 만든 덫에서 빠져나오지? 마리아라는 친구는 꽤 쓸모 있었다. 진짜 친구가 생길 때까지 잠깐만 쓸 생각이었다. 엄마는 늘 너무나 우울했기 때문에 나까지 걱정을 끼치고 싶지 않았다.

나는 재빨리 휴대폰을 집어서 문자를 보내는 것처럼 자판을 두드렸다. 엄마는 기대에 찬 얼굴로 나를 지켜봤다. 교육 덕분에 눈치가 빨라진 것 같다. 나는 답을 기다리는 것처럼 휴대폰을 들고 쳐다보고 있었다.

"안 된대! 마리아가 아프대."

나는 슬퍼하는 표정을 지었다. 엄마가 위로했다.

"저런, 안됐구나. 그러면 다음 주에 부르자. 다행히 여름방학이 아직 한참 남았잖니."

우리 반 애들은 내가 남쪽에 있고 그래서 누구와도 같이 놀 수 없다고 알고 있다. 그러니까 빌메르와 만나도 괜찮을 거다. 빌메르는 생각했던 것보다 괜찮은 아이였다. 솔직히 말하면 아주 재밌다. 게다가 빌메르와 노는 것도 지금뿐이다. 방학 동안만이다. 방학이 끝나면 더 이상 놀지 않을 거다. 튈레바켄 빌라 안에만 있으면 아무도 우리를 보지 못할 테니까.

반 애들한테 내가 남쪽에 있다는 걸 보여 주기 위해 블루 라군 딜럭스 호텔 앞 바닷가 사진을 올렸다.

물속에서 하루를 보내고 있어.

이렇게 쓰고 하트를 붙였다.

누군가 반응을 보여 주기를 기다리면서 다른 애들 사진에 댓글을 달았다. 레이네는 바닷가 앞에서 연속으로 찍은 사진들을 올렸다. 뒤쪽으로 저무는 태양이 보였다. 붉은빛을 받아 발그레하게 물든 얼굴이 정말 예뻤다.

예쁘다.

나는 우리가 친한 친구라도 되는 것처럼 이렇게 썼다.

몇 초 뒤 레이네가 내 바닷가 사진에 이렇게 적었다.

사진 멋지다!

마틸데도 댓글을 남겼다.

좋겠다.

둘이 내 사진에 댓글을 단 건 처음이었다. 갑자기 마음이 깃털처럼 가벼워졌다. 나는 날듯이 계단을 내려가 뒤뜰로 갔다.

빌메르는 빨간 소파에 앉아 있었다. 게임에 열중해서 내가 옆에서 화면을 들여다보는 줄도 몰랐다. 손가락이 미친 듯이 바쁘게 움직였다. 빌메르의 손가락을 따라 캐릭터가 어두운 지하실에서 총을 쏘고 있었다.

"안녕."

조심스럽게 말을 건넸다.

빌메르가 소스라치게 놀랐다.

"맙소사, 간 떨어지는 줄 알았어. 이제 그만 죽을래."

빌메르는 휴대폰을 내려놓고 웃었다.

오늘 입은 티셔츠는 또 뭔가. 슈렉 같은 초록색 티셔츠에 가슴에는 인생을 즐겨라는 말이 쓰여 있었다.

"있잖아, 남쪽에 대해 생각해 봤어."

빌메르의 말에 가슴이 오그라들었다. 내가 거짓말한 사실을 아무한테도 말하지 않기로 약속하지 않았나. 그런데 지금 또 그 이야기를 시작하려고 하다니. 다른 이야기를 할 순 없을까?

"그 할디스 선생님이 뭐라고 했더라⋯⋯."

"비디스 선생님."

내가 고쳐 주었다.

"남쪽은 지도에 있는 어떤 장소를 말하는 게 아니라, 우리가 편안히 쉬고 잘 놀면 남쪽으로 휴가를 갔다고 해도 된다고 했잖아."

빌메르는 열심히 말을 이었다.

"우리가 사는 곳에서 남쪽으로 좀 내려가면 다 남쪽 아니야? 그러니까 오슬로에서 크리스티안산으로 갔다고 하면 남쪽으로 여행 갔다고 할 수 있는 거지."

나는 대꾸하지 않았다. 지금 무슨 소리를 하는 건지 짐작도 되지 않았다.

"선생님 말씀은 지미디 자신만의 남쪽을 정할 수 있다는 뜻이었어!"

빌메르는 엄청난 발견을 한 사람처럼 의기양양하게 말했다.

"그러니까 우리는 여기를 남쪽 휴가지라고 할 수 있다는 거지."

"여기를?"

"그래. 이 집을 남쪽 휴가지로 정하자고. 뒤뜰에서 보면 남쪽에 있잖아.”

입꼬리가 자꾸 올라가려는 게 느껴졌다. 입 근육이 제멋대로 움직였다.

“그냥 남쪽이라고 하자. 여름이면 찾아가서 쉬고 재밌게 놀고 하는 곳. 우리가 여기를 그런 곳으로 만드는 거야.”

집 안을 둘러보았다. 진짜 초라한 남쪽 휴가지다. 지하실에서 휴가를 보낸다는 소리는 들어 본 적도 없다. 블루 라군 딜럭스 리조트와 닮은 점이라곤 눈곱만큼도 없다.

빌메르는 계속 웃었다. 역시 쟤는 허접한 광고로 열심히 물건을 팔아 보려는 영업사원 같다.

“꿩 먹고 알 먹고잖아. 방학 끝나고 학교에 가면 아이들이 물어볼 텐데 거짓말할 필요도 없고. 진짜 남쪽에서 휴가를 보냈으니까. 나도 집에만 있지 않고 남쪽에 다녀왔다고 할 수도 있고.”

자꾸 웃음이 새어 나왔다.

“그 남쪽이 정확히 어딘지는 아무도 모를 거야.”

빌메르는 힘주어 ‘남쪽’이라고 말했다. 이제 난 대놓고 웃고 있었다. 말도 안 되는 소리였다. 이런 터무니없는 소리는 생전 처음 들어 봤다. 하지만 방학 계획치고는 마음에 들었다.

좋다고 고개를 끄덕이기도 전에 빌메르가 냉장고로 가면서 물었다.

“콜라 마실래?”

바깥 열기가 지하 방으로 밀려들어 왔다. 문 옆에 난 작은 창이 햇볕에 지글지글 타고 있었다. 우리가 차가운 콜라를 마시며 앉아 있는 소파에도 햇빛이 꽂혔다.

우리는 남쪽을 어떻게 꾸밀지, 꾸미는 데 뭐가 필요할지 이야기했다. 관리인 안톤의 오래된 집을 남쪽 휴가지처럼 만드는 일은 말할 것도 없이 엄청난 공사가 될 거다. 나는 빌메르에게 휴대폰에 있는 사진을 보여 줬다. 반 채팅방에 올린 블루 라군 딜럭스 사진들이다. 빌메르는 반 채팅에 참가하지 않기 때문에 이 사진들을 보지 못했다.

"흠."

빌메르는 사진을 들여다봤다. 수영장과 워터 슬라이드, 요리사

모자를 쓴 사람들과 해 질 녘 바닷가, 줄지어 서 있는 파라솔, 옥빛 바다 사진들을.

빌메르는 안톤의 오래된 책상 서랍에서 종이 한 장을 꺼냈다. 잡동사니들을 뒤적이며 필기도구도 찾아보았다. 잠긴 서랍은 흔들고 잡아당기다가 포기했다. 마침내 안톤의 먼지투성이 공구 상자에서 연필 한 자루를 찾았다. 종이 위쪽에 남쪽에 있어야 할 것이라고 적고 연필 끝을 입에 물었다.

"수영장."

내가 말했다.

빌메르가 받아 적고 나서 말했다.

"파라솔과 해변?"

나는 고개를 끄덕였다.

"스파실과 놀이방. 놀이방 갈 나이는 아니지만 말이야."

빌메르는 또 받아썼다. 어린이 놀이방이라고 쓰고 우리가 놀 곳은 아님이라고 덧붙였다.

"음악?"

나는 또 고개를 끄덕였다.

"매일 밤 테라스에서 춤을 추어야 해. 노을을 배경으로."

빌메르는 테라스에서 춤이라고 적고 노을 속에서라고 덧붙였다.

"우산꽂이로 장식한 칵테일."

빌메르에게 수영장 바에서 마르가리타가 들고 있던 칵테일 사진을 보여 줬다.

"좋아. 이건 있어야 해."

빌메르도 신이 났다.

"그리고 방갈로에서 자는 거야. 해변에 있는 방갈로."

몇 시간이고 들여다보았던 사진들에는 내가 꿈꾸던 것이 다 있었다. 하지만 말도 안 되는 소리! 지하실은 남쪽 휴가지와 한 가지도 닮은 점이 없었다. 그래도 계속해서 써내려 갔다.

"하얀 모래사장 위에 파란색 일광욕 의자가 놓여 있어야 해."

"의자는 꼭 파란색이어야 해?"

빌메르가 쓰면서 물었다.

"그건 아니지만 블루 라군 딜럭스 호텔은 그렇더라고."

"음식은 피자와 햄버거, 감자튀김으로 할까?"

빌메르가 말했다. 좋은 생각이었다.

"수영복과 수건도 있어야겠다. 선글라스도."

드디어 가능해 보이는 물건들도 나오기 시작했다.

"나는 챙 모자가 더 어울려."

빌메르는 진지한 얼굴로 농담을 던지면서 목록에 새로운 항목을 추가했다.

종이가 꽉 차도록 적었다.

"무엇부터 해야 하지?"

엄두가 나지 않았다.

그제야 이 구질구질한 지하실을 남쪽의 파라다이스로 변신시킨다는 건 말도 안 된다는 생각이 들었다. 어디서 모래며 수영장을 가져오고 어떻게 노을을 만들어 낸단 말인가? 스파실은 어떻게 만들지? 우리보다 작은 어린이들을 위한 놀이방을 만들겠다고?

빌메르의 곱슬머리 속에서도 온갖 생각이 북적이는 듯했다. 하늘색 눈동자가 방 안을 이리저리 훑었다.

"가장 쉬운 것부터 하자."

결심한 듯 빌메르가 말했다.

우리는 계획을 짜기 시작했다.

"**우**리가 그렇게 하기로 정하면 되는 거야."

몇 시간 뒤 빌메르가 말했다.

빌메르는 우리가 각자 집에서 챙겨 온 것들을 훑어보고 있었다. 많지는 않았다. 나는 엄마 옷장에서 밀짚모자를 가져왔고 빌메르는 챙 모자를 챙겼다. 각자 키즈 클럽에서 쓸 장난감들을 가져왔다. 테디베어 인형, 분홍색 토끼 인형, 퍼즐, 색연필 상자 등등. 수영복과 수건도 물론 챙겼다. 수영장과 해변은 어떻게 해야 할지 모르지만 최소한 몇 가지 물건들은 마련했다.

"여기가 남쪽이라고 우리가 정하면 되는 거야."

빌메르는 다시 책상으로 가서 사인펜을 집었다. 그리고 부엌에서 빈 피자 상자를 가져와 윗부분을 뜯어내고 잘 펴더니 바닥에 엎

드려 상자에 뭐라고 적었다.

나는 필요한 것을 적은 목록을 들여다봤다. 머릿속 어딘가에서 이런 물건들을 만들어 낼 아이디어가 반짝 떠오르지 않을까. 머리를 굴렸다.

"집에 가서 좀 더 찾아봐야겠어."

나는 다시 집으로 갔다.

기다란 유리컵 두 개를 찾았다. 혹시나 엄마가 칵테일에 쓰려고 우산꽂이를 사 두지는 않았을까 희망을 갖고 부엌 찬장과 서랍을 샅샅이 뒤졌다. 없었다. 현관 옆 창고에서 엄마의 오래된 일광욕 의자를 꺼냈다. 오래전에 쓰던 거고 요즘엔 교육받으러 다니느라 일광욕할 시간도 없었다. 청록색 덮개가 덮여 있었다. 거의 파란색에 가까웠다.

엄마 옷장에서 얇은 천으로 만든 화려한 무늬의 드레스를 발견했다. 휴가지에서 해 질 녘 바닷가를 걸을 때 입기 좋아 보였다. 옷걸이에는 흰색 원피스가 걸려 있었다. 스파실에서 일하는 여자들이 생각났다. 원피스는 흰색 유니폼과 비슷했다.

욕실 장에서는 바디로션과 비누를 꺼냈다. 바구니에서 말라비틀어진 풋크림과 손톱 다듬는 도구도 찾았다. 화장솜도 한 봉지 챙겼다. 스파에서 쓸 법한 것들이다.

챙긴 것들을 커다란 종이봉투에 쑤셔 넣었다. 일광욕 의자는 겨드랑이에 끼고 뒤뜰로 가는 계단을 내려갔다. 작은 풀밭과 건조대,

모래 놀이터를 지나서 아스팔트를 가로질러 지하로 갔다.

무언가가 눈에 띄었다. 간판이었다. 빌메르가 만들어서 걸어 둔 거였다. 피자 상자로 만든 거라고는 믿겨지지 않을 정도로 완벽하게 동그란 형태였다. 그 안에 크고 구부러진 빨간색 글씨로 이렇게 쓰여 있었다.

남쪽에 오신 것을 환영합니다.

욕실을 스파실로 꾸미기로 했다.

"스파실에 이름을 붙일 거야?"

작은 세면대 위에 스파실에서 쓸 법한 물건들을 늘어놓고 있는데 빌메르가 거실에서 욕실 쪽으로 소리쳤다.

"파라다이스 어때?"

내 말에 빌메르가 웃는 소리가 들렸다.

빌메르는 다시 피자 상자를 잘라 만든 새 간판을 들고 왔다.

파라다이스 스파. 꿈이 이루어지는 곳.

파란색으로 이렇게 적혀 있었다.

"고급 호텔에는 이런 간판이 서 있지 않아?"

나는 고개를 끄덕였다. 블루 라군 딜럭스 호텔 스파에선 정말 그랬다. 꿈이 이루어지고 있었다.

　식당은 당연히 주방에 차려야 한다. 할 일이 많았다. 이런 식당에
는 절대 아무도 오지 않을 거다. 굶어 죽을 지경이라도 말이다. 레
인지를 깨끗하게 닦으려고 했지만 가장자리에 갈색으로 눌어붙은
것들이 떨어지질 않았다. 찬장에도 서로 딱 달라붙은 접시들이 몇
개 있었다. 찬장에 있는 건 다 끄집어냈다. 유리컵, 접시, 촛대에다
가 1994년 릴레함메르 동계올림픽 로고가 새겨진 커피잔까지. 싱
크대에 물을 가득 채우고 그릇들을 씻기 시작했다. 빌메르는 부엌
을 더 뒤졌다.
　"이것 봐."
　빌메르가 서랍에서 식탁보를 찾았다. 구겨지고 갈색 줄이 있었
다. 빌메르가 매끈하게 펴 보려고 했지만 잘 안 됐다. 빌메르는 파
티 음식을 차릴 때처럼 식탁 한가운데에 촛대를 놓았다.
　"초가 있으면 진짜 멋지겠다."
　그러고는 나한테 식당에도 이름을 붙여 달라고 했다.
　"블루 라군 딜럭스 식당 이름은 뭐야?"
　나는 웃음이 터졌다. 누군가 '블루 라군 딜럭스'라고 말하는 소
리가 정말 듣기 좋았다. 오랫동안 혼자 속으로만 그 이름을 간직해
왔다. 꿈인 것처럼. 빌메르와 블루 라군 딜럭스 이야기를 할 수 있
어서 정말 좋았다.

"선라이트 타베르나. 타베르나는 그리스 휴양지잖아. 이름 멋지지 않니?"

어린이 놀이방은 거실 한쪽으로 정하고 거기에 우리가 가져온 장난감들을 늘어놓았다. 놀이방은 이름이 없어도 된다. 그냥 '어린이 놀이방'이면 된다. 빌메르는 간판에 악어와 인형, 빨간 자동차와 테디베어를 그려 넣었다. 안타깝게도 재료가 많지 않았지만 최대한 아이들이 좋아할 만한 방을 꾸미려 했다. 우리는 놀이방에 가기엔 너무 커 버렸고, 아이들이 우연히라도 여기 들어올 가능성은 거의 없지만 말이다.

엄마의 일광욕 의자는 접어서 벽에 기대 놓았다. 모래사장 자리가 정해지면 펼 거다. 밀짚모자와 챙 모자도 그 옆에 두었다. 해변 산책할 때 써야지.

수영장, 해변, 노을은 아직 시작도 못했는데 곧 엄마가 올 시간이었다. 벌써 몇 시간째 여기 있었던 거다. 해수욕장에 갔다가 엄마가 올 때쯤 집에 오겠다고 말해 둔 터였다.

"남쪽은 하루에 이루어지지 않는다."

빌메르는 이렇게 말하며 관리인 집 문을 꼭 닫았다.

좁은 계단을 오르는데 여전히 후끈한 밖의 열기가 느껴졌다. 하늘에서 해가 타고 있었다. 아스팔트 냄새, 소시지 굽는 냄새가 공기 속에 떠다녔다. 사람들 몇몇이 정원용 호스를 들고 잔디에 물을 뿌리고 있었다. 함께 어울려 웃고 뛰어다니고 있었다. 튜브로 만든 수영장에선 아기 둘이 물장구를 치고 있고, 그 옆에서 여자 셋이 일광욕 의자에 앉아 있었다.

갑자기 이 모든 게 친근하게 느껴졌다. **퇼레바퀴 협동주택**이 정다워 보였다. 내가 변한 걸까. 모두가 평소와는 달라 보였다.

A동 입구에서 뒤를 돌아봤다. 빌메르가 F동으로 가고 있었다. 초록색 티셔츠에 곱슬머리가 멀어지고 있었다.

"빌메르!"

큰 소리로 빌메르를 불렀다.

빌메르가 나를 향해 몸을 돌렸다.

그런데 갑자기 왜 불렀는지 이유가 생각나지 않아서 빌메르를 쳐다보며 가만히 서 있었다.

빌메르가 손을 흔들었다.

문이 닫히고 그 애가 사라졌다.

빌메르와 남쪽에서 노는 게 혼자 슬라임이나 만지고 노는 것보다 훨씬 좋았다. 정말 멋지게 남쪽을 만들고 싶어졌다. 어떻게든 남쪽을 꾸밀 방법을 찾아내 관리인 집을 파라다이스로 변신시키고 싶었다. 가끔 우리가 정말 아기들처럼 놀고 있구나 하는 생각이 들기도 했다. 누군가 내가 여기서 이러고 있는 걸 본다면, 빌메르와 놀고 있는 걸 본다면, 얼마나 부끄러울까. 빌메르는 그런 생각은 하지 않는 것 같았다. 빌메르는 늘 새롭고 재미있는 아이디어를 냈다. 그래서 나도 곧 우리가 얼마나 유치하게 놀고 있는지 잊어버리게 됐다.

저녁을 먹으면서 엄마한테 해수욕이 얼마나 즐거웠는지 이야기해 줬다. 식사를 마친 뒤 바로 작업을 시작했다.

나는 우리의 '남쪽 위시 리스트'를 사진으로 찍어 두었다. 그리고 인터넷에서 하나하나 찾아보았다. 수영장 만드는 건 꽤나 어려울 것 같았다. 오랫동안 검색하면서 집 정원에 수영장 만들어 주는 회사들을 찾아보았다. 둥근 수영장, 네모난 수영장, 기다란 수영장, 친환경 수영장 등등. 수영장에서 물장난을 치고 일광욕을 하는 행복한 사람들 사진이 줄줄이 나왔다. 지하에 있는 수영장은 하나도 없었다.

그때 뒤뜰에 있던 튜브로 된 얕은 수영장이 떠올랐다. 빌메르가 했던 말도 떠올랐다. 우리가 정하면 되는 거야.

인터넷을 좀 더 찾아보았다. 튜브로 만든 수영장은 200에서 500 크로네 정도였다. 모델에 따라 가격이 달랐다. 내게 몇 백 크로네나 되는 돈이 있을 리가 없고 빌메르도 마찬가지일 거다. 우리 엄마한테 달라고 하고 싶지는 않았고, 빌메르 아빠는 파산 상태다. 중고 거래 사이트에서 무료 나눔 페이지를 클릭했다. 검색창에 '수영장'이라고 치고 우리 집 가까운 곳에서 올린 글만 볼 수 있도록 검색 조건을 정했다. 몇 개가 떴다. 작은 분홍색 헬로 키티 수영장. 지역은 솔방투네였다!

다음엔 파라솔을 검색했다. 누군가 밝은 빨간색 파라솔을 무료로 주겠다는 글을 올렸다. '상태는 좋은데 접히지가 않는다'고 적혀 있었다.

검색창에 '노을'이라고 썼다. 수없이 많은 검색 결과가 올라왔다.

세상에 노을 빛깔 옷이 이렇게 많을 줄은 몰랐다. 노을이라는 제목의 책이나 음반도 많았다. 스크롤을 아래로 내렸다. 다음 페이지를 계속 눌렀다. 그때 커다란 벽지가 눈에 띄었다. 바닷가 풍경을 찍은 사진을 벽지로 만든 거였다. 하얀 모래와 야자수가 환상적인 노을을 배경으로 펼쳐져 있었다.

이 게시물을 저장하고 판매자에게 메시지를 보냈다. 빌메르에게도 문자를 보냈다.

엄청난 걸 찾았어.

3초 뒤 답이 왔다.

나도.

그리고 엄지척 이모티콘이 붙어 있었다.

다음 날 일찍 지하실에 갔더니 빌메르가 벌써 와 있었다. 언제부터 저 빨간 소파에 앉아 게임을 하고 있었던 걸까? 빌메르를 돌봐 줄 사람은 아빠밖에 없는 것 같았다. 그런데 아빠가 그렇게 잘 돌봐 주는 것 같지가 않았다.

오늘 빌메르는 하얀 티셔츠를 입었는데 어쩐 일로 아무 그림도 없는 티셔츠였다. 게다가 사이즈도 맞았다. 방 한가운데에 커다란 파란색 이케아 가방이 있었다. 가방에서 전선이 튀어나와 있었다.

"오 예, 이겼다!"

빌메르는 게임을 끝내며 외쳤다. 그리고 뭔가를 찾는 표정으로 나를 보았다.

"네가 찾은 건 어디 있어?"

내 빈 손을 보고 물었다.

"인터넷에."

"인터넷에?"

빌메르는 실망한 표정으로 이케아 가방을 가리켰다.

"내 건 저기 있는데."

가방에는 노란색 돗자리, 강림절 때 쓰는 양초 한 다발, 작은 스피커 등이 들어 있었다. 그리고 우리를 위한 음악 플레이 리스트를 만들어 왔다. 남쪽 휴가지에서 듣는 음악이다.

"이것 좀 봐."

가방에서 튀어나온 전선을 잡아당기니 알록달록 여러 색깔 전구가 따라 나왔다.

"휴가지 분위기 나지. 안 그래?"

빌메르가 흐뭇하게 말했다.

빌메르는 줄전구를 들고 어디에 걸면 좋을지 거실을 둘러보았다.

"저기 어떨까?"

빌메르가 창문 쪽을 가리켰다. 나는 고개를 끄덕였다.

빌메르는 안톤의 공구 상자에서 못을 꺼내 벽에 박았다. 우리는 못마다 전선을 걸고 작은 창 주변에는 곡선으로 늘어뜨렸다가 문까지 이어 갔다.

"켜지는지 확인해 봤어?"

내가 묻자, 빌메르는 가까운 콘센트 쪽으로 전선을 당겼다.

"레디, 액션!"

그러고는 구령을 외치며 플러그를 콘센트에 꽂았다.

전구가 켜졌다. 대부분의 전구에 빛이 들어왔다. 관리인 집이 해변에 있는 바처럼 변했다. 따뜻하고 포근한 빛으로 빛났다.

"와아아!"

나는 신이 나서 소리치며 나도 모르게 빌메르 등을 두드렸다.

빌메르는 씩 웃었다.

"이제 본격적으로 남쪽을 만들어 볼까? 네 생각은 어때?"

우리는 뒤뜰 모래 놀이터에서 모래를 퍼 오기로 했다.

"오줌 냄새 안 나는 모래만 퍼 와야 해."

나는 힘주어 말했다.

모래는 깨끗하지도 않았고 남쪽 백사장 같지도 않았지만 모래를 나눔하는 사람은 없었다. 이미 여러 번 인터넷을 찾아봤다. 어쨌든 모래가 그렇게 많이 필요할 것 같지는 않았다.

"우리가 백사장이라고 정하면 되는 기야."

빌메르는 이렇게 말하며 앞장서서 뒤뜰로 갔다.

우리의 작은 모래사장은 초라해 보였다. 하얗지도 않고 길지도 않고 옥빛 바다와 닿아 있지도 않았다. 일광욕 의자를 펼쳤지만 여전히 볼품없었다.

우리는 콜라를 마시며 소파에서 쉬었다.

"안톤 베른첸이 아직 살아 있을까?"

나는 빌메르가 여전히 손가락에 끼고 있는 반지를 보며 생각에 잠겼다.

"검색해 봤어?"

대답을 기다리지 않고 휴대폰을 집었다. 내가 잘할 수 있는 일이 있다면 검색이다. 빌메르는 내가 검색하는 걸 보려고 내 쪽으로 몸을 굽혔다. 빌메르에게서 선크림 냄새가 났다. 선크림을 바르고 지하실에서 휴가를 보내다니. 생각하면 우스운 일이었다.

나는 여러 검색어를 조합하며 검색해 봤다. '안톤 베른첸+관리인' 검색 결과 없음. '틸레바켄+60년대' 검색 결과 없음. '트로스테베엔 30번지' 검색 결과 없음.

"심심할 때 우리 동 우편함에 써 있는 이름들을 읽어 봤는데 그레테 브라트베르그라는 이름이 있었어."

빌메르가 의미심장한 표정으로 나를 봤다.

"기억나? 안톤에게 항의 편지를 보낸 사람. 누전 차단기 때문에 감전돼서 병원에 갔다고 했잖아."

웃음이 나왔다.

"아직 여기 살고 있는 것 같아."

나는 흥분했다.

"찾아가 보자. 안톤 베른첸이 어떻게 됐는지 알지도 모르잖아."

공동현관 초인종에 브라트베르그라는 이름이 있었다. 3층이었다. 계단을 오르는데 빌메르가 어디선가 달콤한 팬케이크 냄새가 난다고 했다.

빌메르가 문을 두드렸다. 한동안 기다리니 슬리퍼를 끌고 나오는 발소리가 났다. 천천히 이쪽으로 오고 있었다. 문이 열리고 누군가 빼꼼히 밖을 내다봤다.

"누구세요?"

문 안쪽에 쇠사슬로 만든 안전고리가 걸려 있었다. 브라트베르그는 쇠사슬 너머로 우리를 쳐다봤다.

"저희는 여기 틸레바켄에 사는 이웃인데요, 드리고 싶은 말씀이 있어서 왔어요."

빌메르가 말을 꺼냈다.

"안 산다! 실 한 오라기도 필요 없으니까 그렇게 알아라!"

"저희는 예전에 있었던 일을 여쭙고 싶어서 온 거예요."

나는 문틈으로 미소를 던졌다.

그레테 브라트베르그의 눈이 커지더니 문이 닫혔다. 곧 딸깍하는 소리가 나더니 이번엔 문이 활짝 열렸다. 팬케이크 냄새가 우리를 맞이했다.

"내가 옛날이야기 하는 건 좀 좋아하지. 안으로 들어오렴."

누군가 얼굴에 빛을 비춰 준 것처럼 그레테 브라트베르그의 얼굴이 환하게 밝아졌다.

우리는 현관으로 들어섰다. 우리 집과 구조가 똑같았다. 그레테 할머니는 빌메르보다도 키가 작고 나보다도 말랐다. 생기 있는 갈색 눈동자에 머리는 묶어서 틀어 올렸다.

"집 안이 좀 어수선하지만 앉아."

거실 바닥 여기저기에 찢어진 신문과 종이들이 널려 있었다. 창문에는 두껍고 짙은 파란색 커튼이 달려 있었다. 검은색 고양이 한 마리가 소파 근처를 어슬렁거리고 있었다.

"얘는 테르예야. 고양이 이름치고는 좀 특이하지만 다른 이름이 안 떠오르더라고."

그레테 할머니가 말했다.

빌메르는 몸을 숙이고 고양이를 쓰다듬어 주었다.

"어떤 옛날이야기를 알고 싶다는 거니?"

그레테 할머니가 우리에게 앉으라고 손짓했다.

우리는 주저했다. 어디서부터 이야기를 시작해야 좋을까.

"여기에서 지낸 지 오래되셨어요?"

할머니가 고개를 끄덕였다.

"튈레바켄에서 나고 자랐지."

"예전 관리인을 아시지 않을까 했어요. 이름은 안톤 베른첸이에요. 아주 오래전에 여기서 일했던 분이에요."

할머니는 나와 빌메르의 얼굴을 번갈아 쳐다보았다.

"와플 먹을래?"

할머니는 갑자기 이렇게 묻더니 대답도 하기 전에 벌떡 일어나 부엌으로 갔다. 접시가 달그락거리는 소리가 들렸다.

"와플이었구나. 팬케이크 굽는 냄새 같았는데."

빌메르가 말하며 웃었다.

그레테 할머니는 접시에 와플을 산더미같이 담아 들고 왔다.

"안톤 베른첸."

할머니는 우리에게 잼 병을 건네주며 이야기를 시작했다.

"아주 멋진 관리인이었단다. 관리인이 해야 할 모든 일을 다 할 수 있었지. 그뿐만이 아니야. 친절하고 똑똑하고 너그러웠어. 아코

디언을 아주 잘 연주했고."

할머니는 와플에 잼을 발라 한입 먹고는 우리를 쳐다보고 웃었다.

"지금 어디 계신지 아세요?"

내가 물었다.

할머니는 엄숙한 얼굴로 나지막이 말했다.

"천국에 가셨단다."

"돌아가셨다고요?"

할머니가 고개를 끄덕였다.

"최근 몇 년 동안 유령처럼 살았지. 줄곧 관리실에 틀어박혀서 무언가를 읽었어. 시를 좋아했던 것 같아."

그레테 할머니는 와플을 작게 접어 꿀꺽 삼키고 이야기를 계속했다.

"그가 예쁜 여자와 함께 왔던 때가 생각나. 우리는 모두 그 여자를 미녀라고 불렀단다. 이름이 뭐였는지 잊어버렸네. 프리마였나, 그 비슷한 이름이었는데."

빌메르는 내게 눈짓하면서 반지를 끼고 있는 손을 무릎 밑에 넣었다.

"안톤은 그 여자를 정말 사랑했어. 사람들에게 보여 주고 싶어서 그 여자와 튈레바켄을 이리저리 걸어다녔어. 그 여자는 키가 크고 말랐는데 안톤은 작고 뚱뚱했지. 외모로는 서로 정반대인 한 쌍이었어."

"그런데 무슨 일이 일어났죠?"

할머니가 몇 초 동안 말이 없자 빌메르가 참지 못하고 물었다.

할머니는 천천히 숨을 들이마셨다.

"그 여자가 파리로 갔다는 것 같아. 모델 제의를 받았다고 했어. 그렇게 예뻤으니 그럴 만도 했지. 그 여자는 떠났고 안톤과는 그걸로 끝이었어."

빌메르는 파리에서 모델이 되었다는 여자의 반지를 만지작거렸다.

"그 뒤로 안톤은 평생 동안 이루지 못한 사랑을 괴로워하며 보낸 것 같아."

그레테 할머니는 빌메르와 나를 바라보았다.

"너흰 너무 어려서 사랑에 빠지는 게 뭔지 잘 모를 거야. 가끔은 그 결과가 이렇게 잔인할 수도 있단다."

빌메르가 자기도 다 안다는 듯 고개를 저었다.

그러자 할머니가 눈을 크게 뜨고 물었다.

"네가 벌써 사랑에 대해 좀 안다고? 그런 뜻이니?"

갑자기 체한 듯 뭔가 얹히는 느낌이 들었다. 아니, 가슴이 욱신거리는 느낌인가? 나는 빌메르 얼굴을 똑바로 쳐다볼 수가 없었다. 대신 빌메르 무릎에 있는 귀여운 손을 쳐다보았다. 빌메르는 검지 손가락으로 불안하게 무릎을 두드리고 있었다.

"그건 아니죠."

빌메르가 작게 대답했다.

옆에 바싹 붙어 앉아서 숨 쉬는 것도 느껴질 정도였지만 대답을 알아듣기가 어려웠다. 빌메르는 얼굴이 새빨개져서 의자를 문지르고 있었다.

"하지만 나중에 그럴 때가 된다면,"

할머니는 검지손가락으로 빌메르를 가리키며 말했다.

"조심해야 해. 사랑에 빠지는 건 위험한 일이거든."

빌메르는 고개를 끄덕였다. 곱슬머리 몇 가닥이 이마에 붙어 있었다. 빌메르는 내 쪽을 보지 않았지만 나는 빌메르를 쳐다보고 있었다. 내 눈은 그 애 가슴께를 떠돌고 있었다. 마치 가슴속을 들여다보고 뭐라고 말하는지 알아내려는 것처럼.

솔방투네로 튜브 수영장을 가지러 가다가 갑자기 우리 반 애들한테는 내가 지금 남쪽에 있는 걸로 되어 있다는 생각이 났다. 나는 어제도 우리 반 채팅창에 블루 라군 딜럭스 호텔 사진을 올리고 이렇게 썼다. 여긴 너무 더워. 마르쿠스까지 '좋아요'를 눌렀다. 빌메르와 수영장을 구하러 시내를 쏘다니다가 길거리에서 우리 반 누군가와 마주치기라도 한다면 어떻게 하지? 제발, 그런 일은 없기를. 어떤 말로도 이 상황을 변명할 수 없을 거다.

빌메르는 옆에서 말없이 걷고 있었다. 내가 찾아낸 것들을 빌메르가 마음에 들어 하면 좋을 텐데. 헬로 키티 튜브 수영장이라니 너무 유치하다고 하지 않을까? 석양이 그려진 벽지와 접히지 않는 빨간 파라솔은 또 어떻게 생각할까?

수영장을 나눔한다는 집에 도착해 벨을 눌렀다. 마틸데 집과 비슷했다. 이 동네 집들이 대부분 그렇듯 크고 하얀 집이었다. 어떤 여자가 문을 열고 친절하게 우리를 맞이했다.

"엄마가 헬로 키티 튜브 수영장을 받아 오라고 하셨어요. 동생이 쓴다고요."

나는 최대한 예의 바르게 말했다.

문을 열어 준 여자가 미소를 지었다.

"차고 쪽에 두었단다."

여자는 집 옆을 가리켰다. 거대한 차가 차고 밖으로 뒷부분이 튀어나온 채로 주차되어 있었다.

우리는 차고에서 비닐봉지처럼 생긴 것을 집어 들었다. 나는 튜브를 당겨서 넓게 펼쳐 빌메르에게 우리의 풀장을 보여 주었다.

"좋았어. 하나 해결했네."

빌메르가 말했다.

빌메르는 특히 벽지를 보고 감탄했다. 벽지는 말려 있었다. 우리는 벽지 두루마리를 조심스럽게 굴려서 길 위에 펼쳐 놓고 남쪽 노을이 얼마나 아름다운지 감상했다. 우리의 남쪽 노을이다. 해변의 모래는 또 얼마나 새하얀지. 줄지어 선 야자수는 저녁 무렵 바람에 앞뒤로 흔들리고 있었다. 우리는 이 벽지를 줄전구를 걸어 둔 벽쪽에 붙이기로 했다.

"끝내준다."

빌메르가 말했다.

그러곤 내 팔을 잡았다. 따뜻한 손이 느껴졌다.

파라솔을 가져오려면 또 한참을 걸어야 했다. 빌메르는 벽지를 말아서 들고 나는 키티 수영장을 들었다. 해가 구름 뒤로 들어가자 시원해졌다. 새들이 나무에서 날아올랐다. 남쪽으로 떠나는 중일까.

"저거야?"

빌메르가 차고 앞 길가에 쓰러진 버섯처럼 놓여 있는 빨간색 파라솔을 가리켰다.

나는 주소를 확인하고 고개를 끄덕였다.

"안 접힌대. 펼친 채로 들고 가야 해."

우리는 빨간 파라솔을 쓰고 집으로 왔다. 지나가던 사람들이 우리를 보고 웃었다. 우리도 마주 웃었다. 눈이 마주칠 때마다 인사를 했다. 빨간색 파라솔 아래에서 빌메르 얼굴이 아름답게 물들었다. 햇볕에 까맣게 탄 것 같은 색깔. 남쪽에서 볼 수 있는 갈색 얼굴로.

남쪽으로 돌아가는 길이 아직 반쯤 남았을 때 무슨 소리가 들렸다. 천둥소리였다. 쿠당탕탕 시끄러운 소리가 울렸다. 이어 비가 내렸다. 처음에는 빗방울이 부드럽게 파라솔을 쓸어내렸다. 빗줄기가 점점 거세지더니 파라솔을 요란하게 두드렸다. 더 걷지 못하고 파라솔 아래 쪼그리고 앉았다. 빌메르는 벽지가 젖지 않도록 꼭 끌어안았다. 천으로 만든 내 신발은 흠뻑 젖었다. 발이 시렸다. 천둥이 쾅쾅 치고 번개가 번쩍거렸다. 몇 초 간격인지 세어 보았다. 스물한 번, 스물두 번, 스물세 번. 어떤 거인이 전기톱으로 하늘을 자르는 것처럼 하늘이 찢어지는 소리를 냈다. 우리는 서로를 쳐다보았다.

"무서워?"

빌메르가 물었다.

"아니."

나는 거짓말을 했다.

천둥번개가 잦아들 때까지 우리는 파라솔 아래 딱 붙어 있었다. 빌메르는 내 손 위에 자기 손을 얹어 함께 파라솔을 받치고 있었다. 빌메르를 쳐다볼 용기가 나지 않았다. 내 속에서도 천둥번개가 치는 듯 가슴이 쿵쾅거리고 찌릿했다. 내 얼굴은 분명 파라솔만큼이나 빨개졌겠지. 길거리에 물이 흐르고 있었다. 파라솔은 젖어서 너무 무겁고 빌메르의 얼굴은 너무 가까웠다. 입술도. 눈도. 머리카락도.

드디어 조용해졌다. 빌메르가 파라솔 밖으로 머리를 내밀었다.

우리는 남쪽을 향해 계속 걸었다.

그날은 수영장에 바람을 넣고 물을 채우며 보냈다. 수영장을 어디에 둘지 정하고 수영장 옆에 일광욕 의자를 갖다 놓은 다음 수영복과 수건은 거기 걸쳐 놓았다. 밝은 분홍색 빨대가 꽂힌 유리컵도 가져다 두었다.

"수영장 바 완성!"

빌메르가 외쳤다.

벽지를 붙이려면 접착제가 있어야 하는데 안톤의 공구 상자엔 없었다. 그래서 대신 압정으로 붙여야 했는데 아주 어려웠다. 우리는 각자 벽지 양쪽 끝을 잡고 의자에 올라가 가운데로 붙여 나갔다. 천장 바로 아래에 벽지를 고정한 다음 반듯하게 펴지도록 아래쪽으로 쓸어내렸다. 다 붙이고 나서 우리는 몇 걸음 뒤로 물러가 줄전구의 알록달록한 불빛 아래 빛나는 노을을 감상했다.

"지금까지 내가 본 것 중에서 가장 아름다운 노을이야."

빌메르가 꿈꾸는 듯한 표정으로 말했다.

파라솔은 너무 젖어서 집 안에 들여놓을 수 없었다. 우선 지하실 계단에서 말리기로 했다. 목록을 살펴보니 필요한 게 거의 다 갖춰졌다.

"그럼 이제 뭐 하지?"

내 물음에 빌메르가 놀라며 나를 쳐다보았다. 이런 바보 같은 질문은 난생처음 들어 본다는 표정이었다.

"이제 남쪽 휴가를 즐겨야지!"

빌메르가 씩 웃었다.

매일 아침 엄마가 교육을 받으러 가면 나는 계단을 달려 내려가 뒤뜰을 가로질렀다. 남쪽에 오신 것을 환영합니다 간판이 보이면 가슴이 뛰기 시작했다.

빌메르는 항상 빨간 소파에 앉아 게임을 하고 있었다. 내가 오면 잠시 멈추게 되고, 그 바람에 게임에 지는데도 나를 보면 늘 얼굴이 환해졌다. 우리는 소파에 나란히 앉아 잠시 수다를 떨다가 오늘은 무엇을 할지 정한다. 그리고 남쪽의 하루가 시작된다.

우리는 풀에서 논다. 수영장은 너무 작아서 한 사람만 들어갈 수 있다. 게다가 다리를 구부리고 있어야 한다. 그사이 다른 한 사람은 풀장 옆 바에서 쉰다. 기다란 콜라 잔에는 작은 우산이 장식되어 있다.

우리는 교대로 수영을 하고 '선라이트 타베르나'라고 이름 붙인 남쪽 레스토랑에서 식사를 한다. 음식은 소박하다. 기껏해야 피자나 소시지다. 가끔 간식 살 돈이 없을 땐 빵조각을 나눠 먹는다. 하지만 우리는 이 빵을 클럽 샌드위치라고 부른다.

빌메르는 강림절 초에 불을 붙이고 웨이터 역할을 맡는다. "라떼 마끼아또 한 잔 더 드시겠어요?" 하고 물으며 동계올림픽 기념 컵을 높이 쳐든다.

나는 '파라다이스 스파'로 가서 빌메르에게 피부 마사지를 받는다. 빌메르는 우리 엄마의 흰색 가운을 입고 마음을 편하게 해 주는 음악 플레이 리스트를 고른다. 플루트나 바이올린 연주곡이다.

"힘 빼세요. 릴렉스, 릴렉스."

빌메르는 밝은 목소리로 말하며 화장솜을 물에 적셔 내 얼굴을 부드럽게 문지른다.

그래도 아직 '노을 속에서 춤추기'는 하지 않았다. 휴가를 가면 다들 그렇게 한다는 건 알지만 혼자 추든 같이 추든 너무 창피할 것 같았다. 그 대신 빨간 소파에 앉아 노을을 바라보며 빌메르가 고른 음악을 들었다.

우리는 해변에는 그닥 자주 가지 않는다. 사실 해변은 멋지다고는 할 수 없다. 하지만 가끔 일광욕 놀이는 한다. 나는 엄마의 청록색 긴 일광욕 의자에 눕고 빌메르는 노란색 돗자리 위에 눕는다. 햇빛이 너무 강렬해서 눈을 감는다. 그러다 잠깐 잠이 들기도 한다. 빌메르는 모르지만 암튼 나는 그렇다.

"이나, 너는 실제로 남쪽에 가 본 적 있어?"

"아니. 너는?"

"한 번 있었어."

나는 옆으로 돌아누워 빌메르를 쳐다보았다. 빌메르는 팔베개를 하고 천장을 보고 있었다. 곱슬머리가 팔에 묻혔다. 오늘은 전기 회사 광고 문구가 적힌 하늘색 티셔츠를 입고 있다.

"하지만 지금 우리의 남쪽 휴가가 훨씬 더 좋아."

빌메르가 눈을 잔뜩 찡그렸다. 정말 우리가 찬란한 태양이 빛나는 해변에 누워 있기라도 한 것처럼.

"진짜?"

"음."

빌메르는 잠시 말이 없다가 다시 눈을 감았다.

"여기는 술 취한 사람이 없잖아."

저녁이면 잠들기 전에 창가에 서서 F동 쪽을 바라보았다. 빌메르 방은 3층이다. 빌메르는 자기 방에서 나를 보고 손을 흔든다. 나도 손을 흔들고 나서 두 손을 모아 뺨에 대고 자는 시늉을 한다. 그러곤 다시 엄지손가락을 치켜든다. 잘 자라는 인사였다.

가끔 빌메르를 생각하다 잠이 들었다. 빌메르가 꿈에 나오기도 했다. 꿈에서 빌메르는 항상 빨간 티셔츠를 입고 있었다. 빌메르는 한 번도 그런 티셔츠를 입은 적이 없는데 왜 그런 꿈을 꾸었을까?

우리는 여름방학이 끝나면 남쪽 휴가지를 어떻게 할지에 대해서도 이야기했다. 잘 놀았으니 짐을 챙겨 집으로 가야 하는 걸까?

"가을에도 남쪽으로 놀러 갈 수 있잖아."

빌메르가 나를 바라보며 말했다.

빌메르에게 내 계획을 솔직히 이야기하지 않았다. 남쪽 휴양지를 만들 때 여름방학 동안만 빌메르와 놀 생각이었다. 방학엔 다른 친구들이 없으니까 빌메르와 노는 거라고 생각했다. 방학이 끝나면 더 이상 같이 다니지 않을 셈이다. 그러니까 빌메르는 모르겠지만 우리가 가을에도 남쪽으로 휴가를 떠날 일은 없다.

우리는 협정을 맺었다. 남쪽에서 나눈 이야기는 전부 여기 묻고 가기로. 일종의 비밀 유지 협정인 셈이다. 그래서 우리가 그렇게 쉽게 서로 마음을 털어놓았을까? 나는 우리 엄마에 대해 이야기했다. 늘 피곤해하고 바보 같은 교육을 받으러 다닌다고 말했다. 우리 집에 돈이 없고 수없이 이사를 다니느라 친구가 한 명도 없다는 것도 말했다. 내 거짓말에 대해서도 이야기했다. 나는 지금도 마리아라는 친구와 해수욕장에 다닌다고 매일 거짓말을 한다. 마틸데에게는 생일 선물을 샀다고 거짓말을 했다. 블루 라군 호텔에서 찍은 사진이라며 가짜 사진을 채팅방에 올렸다. 빌메르는 빨간 소파에 앉아 열심히 들었다. 다 듣고 나서도 내가 형편없는 아이라고 생각하는 것 같지는 않았다.

빌메르도 자기 이야기를 했다. 왜 빌메르가 아빠와 함께 이곳으로 이사 왔는지, 멋지고 재밌지만 술을 너무 많이 마시는 아빠에 대해 이야기했다. 엄마 이야기도 했다. 빌메르 엄마는 아빠와 이혼하고 스웨덴에서 산다. 새로 결혼한 남편과의 사이에 아이가 하나 있다. 빌메르는 화요일과 금요일에 엄마와 영상통화를 한다.

빌메르는 정말 휴가지에서 같이 노는 친구에 불과한 걸까? 방학이 끝나면 어떻게 해야 할지 갑자기 머릿속이 복잡해졌다. 그냥 계속 남쪽에 있고 싶었다. 일광욕 의자에 누워 있다가 선라이트 타베르나 식당에서 식사를 하고 노을을 바라보는 일과를 계속하고 싶었다. 빌메르와 함께 있고 싶었다. 빌메르가 진짜 친구로 느껴졌다. 베스트 프렌드, 어쩌면 그 이상의 친구.

여름방학이 며칠이나 지났는지 모르겠다. 언제부터인가 시간, 분, 초 세는 것을 그만두었다. 남쪽에 와서 빨간 소파에 앉아 있는 빌메르를 만나는 순간이 하루 중 가장 좋았다. 빌메르가 나를 보고 미소 짓는 그 순간이 좋았다.

그런데 오늘 아침 빌메르는 소파에 앉아 있지 않았다. 문을 등지고 책상 앞에 서 있었다. 잠긴 서랍을 흔들고 당기면서 열려고 애쓰고 있었다. 끝이 휘어진 막대기 같은 공구를 들고서.

"안녕."

빌메르가 몸을 돌려 웃으며 인사했다.

오늘 빌메르는 다시 동물원 티셔츠를 입고 있었다. 우리 반에 온 첫날 입었던 옷이다. 그때는 정말 보기 싫은 옷이라고 생각했는데 요즘엔 녹색이 좋아졌다.

"오늘은 꼭 이 서랍을 열 거야."

빌메르는 씩씩거리며 공구를 들었다.

"열쇠 찾는 건 포기했어."

빌메르는 막대기 끝을 서랍에 밀어 넣더니 있는 힘껏 당겼다. 나무 부서지는 소리가 나면서 서랍이 조금 움직였다. 나도 거들었다. 빌메르 손에 내 손을 포개 공구 손잡이를 움켜쥐고 힘껏 당기고 함께 흔들었다. 그러다 갑자기 서랍이 휙 열리는 바람에 우리는 비틀거리며 뒷걸음질 쳤다.

서랍은 거의 비어 있었다. 빌메르는 실망한 표정이었다. 편지 봉투와 빨간색 수첩이 전부였다.

우리는 몇 안 되는 물건을 꺼내 와 소파에 앉았다. 편지 봉투는 이미 뜯어져 있고 주소는 검은 펜으로 지워져 있었다. 빌메르는 봉투에서 편지를 꺼내 반듯하게 폈다. 편지는 꼬불꼬불하고 삐딱한 글씨로 짧게 적혀 있었다. 빌메르가 소리 내어 읽었다.

사랑하는 프리다,

나는 오늘 신문에서 당신에 대한 기사와 당신의 사진을 보았소. 일이 잘되고 있는 것 같아 기쁘다오. 여기 집에서도 모두 잘 지내고 있소. 나는……．

그다음부터 마구 휘갈긴 글씨로 바뀌었다. 빌메르는 종이를 이리저리 돌려가며 알아볼 수 있는 단어들을 해독하려고 했다.

당신을 생각하오, 언제나. 사랑…… 너무나 많이…… 매일매일…… 후회…… 다시 집으로 오길. 사랑하는 사람이여.

"이건 연애편지야!"

나는 빌메르를 바라보았다. 사랑스러운 하늘색 눈동자와 곱슬거리는 머리카락을.

"하지만 안톤은 이 편지를 보내지는 않은 것 같아. 우표가 안 붙어 있어."

빌메르가 봉투를 들어 보였다.

나는 편지와 함께 서랍에 있던 빨간 수첩을 집었다. 수첩을 열자 살짝 바스락거리는 소리가 났다. 수첩 안에 사진 한 장이 끼워져 있었다. 어깨쯤 내려오는 짙은 갈색 머리, 갈색 눈동자, 뺨에 점이 있는 어떤 여자의 사진이었다. 하얗고 고른 치아를 드러내며 웃고 있었다. 전문 사진가가 찍은 사진 같았다.

"미녀! 프리다야."

빌메르가 흥분해서 속삭였다.

빨간 수첩은 시로 가득 차 있었다. 안톤이 쓴 것이었다. 노을과

새, 바다의 파도에 관한 시도 조금 있었다. 하지만 대부분은 프리다에 대한 시였다.

우리는 번갈아 시 몇 편을 소리 내어 읽었다. 부끄러웠다. 왜냐하면 첫째, 시가 너무 형편없었기 때문이고 둘째, 사랑에 대한 시였기 때문이다. 우리는 안톤을 생각하며 웃지 않으려고 애썼다. 안톤의 슬픔을 생각하면 웃어서는 안 된다. 하지만 진지하게 읽기가 어려웠다. 안톤은 시에서 프리다를 천상의 재료로 가득 찬 다채롭고 부드럽고 맛있는 감자 스튜에 비유했다. 프리다는 공구 상자만큼이나 흥미롭다고도 했다.

"안톤이 시인을 포기하고 관리인이 된 건 정말 잘한 일이야."

빌메르가 중얼거렸다.

우리는 벽에 프리다 사진을 걸었다. 한참을 그 앞에 서서 우리의 파라다이스에서 미소 짓는 아름다운 얼굴을 바라보았다.

"안톤이 프리다를 사랑했던 마음을 알 거 같아."

빌메르가 나를 보며 말했다.

얼굴이 뜨거워졌다. 피가 뺨으로 쏠려 피부가 간지러웠다.

"안톤과 프리다가 여기 앉아 있었다고 상상해 봐. 지금 우리처럼 여기 빨간 소파에 앉아 있었겠지? 사랑에 빠져서. 키스를 하기도 하고."

빌메르도 얼굴이 좀 빨개져 있었다.

나는 휴대폰을 집어서 열심히 두드렸다.

"프리다는 아직 살아 있을까?"

얼굴이 빨개지고 할 말이 생각나지 않을 때 뭔가 할 일이 있어서 다행이었다. 나는 인터넷에서 '프리다+모델+파리'를 검색해 봤다. 검색 결과 없음. '1962년 약혼+프리다+안톤 베른첸'을 넣어 봤다. 아무것도 나오지 않았다.

"프리다의 성이 뭐였는지 알면 좋을 텐데."

내가 말했다.

우리는 벽에 걸린 그림 앞에 서서 넋을 놓고 그 미녀를 바라봤다. 성을 알 수 없는 프리다. 안톤의 사랑.

"방갈로도 있어야 한다고 했던 거 기억해?"

저녁때 집에 가려는데 빌메르가 물었다.

대답하기 전에는 집에 가면 안 된다는 듯 내 팔을 잡았다.

"방갈로를 잊고 있었어."

나는 고개를 끄덕였다. 방갈로는 까맣게 잊어버리고 있었다.

"남쪽에서 숙박도 한번 해 보면 어떨까. 너도 그러고 싶으면 말이야."

빌메르는 내 의견을 묻는 듯 눈썹을 치켜올렸다.

"그러려면 정말 방갈로가 있어야 해."

지하실에 방갈로까지 들여놓는 건 불가능했다.

"이러면 어떨까. 소파에서 잔다면?"

내가 제안했다.

그때 엄마 생각이 났다. 엄마는 내가 뒤뜰에 있는 지하실에서 하룻밤 잔다고 하면 틀림없이 기겁할 거다.

"둘 중 하나는 바닥에 매트리스를 깔고 자면 되잖아."

엄마 생각은 안 하려고 애쓰면서 덧붙였다.

"좋아. 내가 매트리스에서 잘게. 네가 소파에서 자."

빌메르가 신이 나서 말했다.

그리고 나를 바라보며 물었다.

"내일 괜찮아?"

"아마도."

내가 대답했다.

무언가 이상한 게 있다. 가슴속에. 심장 바로 아래에. 아니, 심장 한가운데서 뭔가가 움직이고 있다.

갑자기 빌메르가 왜 달리 보일까? 빌메르 티셔츠를 만지고 싶고 소파에 가까이 붙어 앉아 있고 싶다. 빌메르의 목소리와 웃음소리가 듣기 좋고 나한테 콜라를 가져다주려고 선라이트 타베르나 식당으로 가는 뒷모습을 보는 게 즐겁다.

엄마가 저녁 먹으라고 불렀다. 곧 가겠다고 대답해 놓고는 계속 침대에 누워 생각에 잠겼다. 얼굴이 간지럽고 온몸에 뜨거운 기운이 느껴졌다.

세상에서 가장 짜증나는 이웃. 나는 그 이웃의 팔을 쓰다듬고 손을 잡고 싶다. 커플처럼.

맙소사. 벌떡 일어나 앉았다. 빌메르는 나한테 절대 도움이 안 되는 친구다. 나는 나를 끌어올려 줄 친구가 필요하다. 마르쿠스처럼. 빌메르는 내 발목을 잡을 친구다. 빌메르는 너무 별나고, 창피한 티셔츠나 입고, 사회적 규칙에 관심이 없으며, 생각나는 대로 말하고, 남들이 자신을 어떻게 생각하는지 신경 쓰지 않는다. 여름 방학 동안만 빌메르와 놀 생각이었다. 방학 동안에는 놀 애들이 없으니까. 빌메르는 방학 친구다. 방학이 끝나면 잊어버리는 친구. 그럴 계획이었다.

엄마는 촛불을 켜고 식탁보를 깔았다. 꽃병엔 꽃이 꽂혀 있었다.

"우리가 바라던 꿈의 여름은 아니지만 지금까지 우리는 정말 잘 해 오고 있어."

주스를 따르면서 엄마가 말했다.

나는 대답하지 않았다. 꿈의 여름. 얼마 전까지만 해도 여름을 어떻게 보내고 싶은지 내 꿈은 분명했다. 이제 생각이 바뀌었다.

"엄마가 집에 없어도 혼자서 바쁘게 잘 지내더구나. 할머니도 그러시더라. 이나 걱정은 안 해도 되겠다고. 엄마는 네가 정말 자랑스럽다."

엄마는 피자를 나누어 내 접시에 한 조각 올려 주었다. 가장자리에 기다랗게 치즈가 둘러져 있었다.

"아 참, 그런데 엄마 반 친구한테 초대받았어. 내일 자기 집에서 같이 저녁 먹재."

엄마는 살짝 웃었다.

"와인 한잔 하자고. 그런데 어쩌야 할지 모르겠다. 밤늦게까지 너 혼자 집에 있어야 하잖아."

엄마는 주말에만 먹기로 약속한 사탕을 주중에도 먹고 싶어 하는 일곱 살짜리 아이 같은 표정으로 나를 쳐다봤다. 갑자기 내가 어른이 된 것 같았다.

엄마가 지금 무슨 말을 하고 있는지 곧 깨달았다. 엄마가 친구를 사귀었을 뿐 아니라 초대를 받은 거다. 엄마는 지금 행복한 변화를 겪고 있는 것 같다. 게다가 덕분에 내게도 기회가 왔다.

"가는 게 좋겠네. 재미있을 것 같아."

나는 너무 신나는 기색을 보이지 않으려고 애썼다.

"그렇지? 그 친구 이름은 얀느고 아주 착해. 그런데 좀 먼 데 살아."

엄마는 잠옷 차림이 아니었다. 다른 엄마들 같은 옷을 입고 식탁에 앉아 있었다. 꽤 멋진 옷이었다. 흰색 블라우스에 파란색 바지를 입고 커다란 은색 귀걸이를 하고 있었다. 엄마는 아직도 망설이는 표정으로 나를 보며 웃었다. 결정적 한 방이 필요했다.

"마리아네 집에 가서 잘까?"

나는 빌메르를 생각하며 이렇게 물었다.

"걔는 벌써 자기 부모님한테 물어봤는데 좋다고 하셨대."

엄마 얼굴이 환해졌다.

"그럼 좋겠다."

안도하는 목소리였다.

"엄마는 찬성이야. 친구가 있어 참 다행이다."

"이제 내 걱정은 안 해도 되겠지?"

"그래, 그래."

엄마는 식탁에 팔꿈치를 괴고 내 손을 잡았다.

"딸, 하지만 엄마는 항상 네 생각을 할 수밖에 없단다."

일이 어떻게 이렇게 잘 풀릴 수 있는지 믿기지 않았다. 나는 휴대폰을 들고 침대에 누워 빌메르에게 이 소식을 어떻게 전하면 좋을지 생각했다. 여러 가지 말이 떠올랐다. 내일 가능, 밤샘 파티하자. 엄마가 오케이 했어. 그러나 모두 쓰자마자 바로 지워 버렸다. 그냥 방갈로에 엄지척 이모티콘을 붙여 보내 버렸다.

엄마가 용돈을 주었다. 좀처럼 없는 일이다. 100크로네가 생겼다. 이 돈으로 마리아와 뭐든 사 먹으라고 했다. 얀느와 와인 한잔 하게 돼서 기분이 더없이 좋다는 뜻이었다.

나는 가게에 가서 캔디와 치즈 스낵을 샀다. 빌메르는 피자를 가져올 거다. 콜라는 벌써 가져다 두었다. 이제 필요한 건 다 있었다.

이불을 가져갈 수는 없었다. 마리아 집에 손님용 이불이 없다고 하면 이상하게 생각할 테니까. 엄마가 밤중에 집에 와서 내 침대에 이불이 없는 걸 볼 수도 있다. 그래서 빌메르에게 문자로 내 이불도 가져올 수 있는지 물어보았다.

계단을 내려가 뒤뜰을 지나는데 관자놀이께가 팔딱거리는 느낌이 들었다. 오늘은 어쩐지 모든 게 달라 보였다. 남쪽으로 가는 길도 다른 날과는 달랐다. 놀이 기구, 건조대, 작은 풀밭, 누렇게 변한 콘크리트 벽. 그토록 보기 싫던 모든 것들이 오늘은 갑자기 아름다워 보였다. 바퀴 빌라가 변하고 있었다.

지하실 문 앞에 왔을 때 나는 멈춰 서서 웃음을 터트렸다. 남쪽에 오신 것을 환영합니다 간판에 파란색 글씨로 새로운 문구가 덧붙어 있었다. 프리다와 안톤의 천국.

빌메르는 언제나처럼 빨간 소파에 앉아 한창 전투 중이었다. 정신없이 휴대폰을 두드려 대는 품이 저러다 곧 휴대폰이 부서질 것만 같았다. 오늘 빌메르는 빨간 티셔츠를 입고 있었다. 그게 대체 어떻단 말인가. 빌메르가 빨간 티셔츠를 입었다고 대체 왜 내 얼굴이 빨개지지?

"안녕!"

빌메르가 놀래키는 걸 좋아하지 않는 줄 알면서도 인사를 건넸다.

빌메르는 게임을 계속하면서 대답 대신 외쳤다.

"으악, 죽었다!"

그리고 나를 보고 웃었다. 무슨 말을 해야 할지 생각이 나지 않았다. 그래서 아무 말도 하지 않고 그냥 거기 서서 바보처럼 남쪽 친구를 쳐다보고 있었다. 빨간 티셔츠와 곱슬머리를 멍하니 쳐다보다 마주 웃어 주었다. 그러다 갑자기 우리는 늘 소파에 나란히 앉았다는 게 생각 나서 서둘러 소파로 갔다.

146

우리는 한참을 말없이 빨간 소파에 앉아 있었다. 빌메르는 빨간색이 정말 잘 어울린다. 나와는 완전히 다르다. 빌메르는 처음에는 아무 말도 하지 않다가 갑자기 온갖 잡다한 이야깃거리를 다 끄집어내더니 다시 입을 다물었다. 내가 빌메르 쪽을 쳐다볼 때면 빌메르는 항상 다른 쪽을 보고 있었다.

평소처럼 남쪽의 하루가 시작됐다. 선라이트 타베르나 식당에서 오븐에 데운 피자를 먹었다. 벌써 배가 불렀지만 치즈 스낵 한 봉지도 다 먹었다. 빌메르는 해변에 깔아 놓은 노란색 돗자리 위에 눕고, 나는 일광욕 의자에 누웠다. 막 잠이 들려고 할 때였다. 이미 정신이 몽롱해지고 있어서 무슨 소리가 나는데도 듣지 못했다. 휴대폰이 계속 삐 소리를 내고 진동하는 바람에 일어났다.

내 휴대폰은 모래사장 옆 바닥에 있었다. 화면이 켜졌다. 문자 메시지가 온 거다. 몸을 굽혀서 휴대폰을 집었다.

마틸데였다! 지금까지 마틸데가 나한테 따로 문자를 보낸 적은 한 번도 없었다. 마틸데는 하루종일 반 채팅창에 사진과 메시지를 올리지만, 이건 나한테만 보낸 문자였다.

너는 아직 남쪽이야?라고 적고는 윙크하는 스마일 이모티콘이 붙어 있었다.

"이것 좀 봐."

나는 놀라서 빌메르를 불렀다.

빌메르가 노란색 돗자리에서 일어나 내 쪽으로 왔다. 허리를 숙여 함께 휴대폰을 들여다보았다. 빌메르의 곱슬머리가 내 뺨을 간질였다.

"이상하네. 너희 친했어?"

나는 고개를 흔들었다.

"절대 아니지. 걔는 나랑 안 놀아."

나는 마틸데나 레이네, 마르쿠스, 다른 어떤 애들과도 어울려 본 적이 없다. 예전에는 그 사실이 너무나 신경이 쓰였다. 항상 그 애들을 생각하고 두려워하면서도 친해지고 싶었다. 최근에는 그런 생각을 아예 잊어버리고 있었는데 지금 다시 그 이상한 감정이 찾아왔다.

나는 잠시 휴대폰을 들고 어쩔 줄 몰라 했다. 뭐라고 대답하면 좋을까. 내가 남쪽에 얼마나 있겠다고 했더라. 이틀 전에도 높은 모자를 쓴 요리사들이 커다란 뷔페 식당에 서 있는 사진을 올렸다. 그리고 이렇게 썼다. 세상 맛있는 음식은 여기 다 있네. 마르쿠스가 '좋아요'를 눌렀다. 마틸데와 레이네도. 그러니 지금 내가 할 수 있는 대답은 '응'밖에는 없었다. 자세히 말할 필요는 없다. 게다가 나는 지금 진짜로 남쪽에 있다. 마틸데가 아는 것과 다른 종류의 남쪽일 뿐이다.

더 생각하지 않고 답을 보냈다. 응. 단 한 글자였다. 웃거나 윙크하는 이모티콘도 없이.

5초나 되었을까. 휴대폰이 다시 울렸다.

그러면 사진 좀 보내 봐. 네 사진 말이야!

이번에는 아무 이모티콘도 없었다.

"이제 어쩌지?"

나는 잔뜩 움츠러들었다.

빌메르가 손을 내밀고 단호하게 말했다.

"휴대폰 좀 줘 봐."

나는 마지못해 휴대폰을 건넸다. 하지만 빌메르가 또 뭔가 창의적인 해결책을 생각해 내는 건 원하지 않았다. 빌메르는 마틸데나 레이네가 얼마나 중요한 애들인지 전혀 모른다.

"저 앞에 가서 서 봐."

"여기?"

나는 노을 벽지 쪽으로 갔다.

빌메르는 휴대폰을 높이 들고 화면을 쳐다봤다.

"완벽해. 옷만 다른 옷을 입으면 되겠다."

무슨 생각 하는지 알 것 같았다. 나는 작은 헬로 키티 수영장 옆에 놓여 있는 수영복을 집었다. 스파실로 가서 갈아입고 나왔다. 다시 노을 앞에 섰다.

"정말 진짜 같아 보여."

빌메르는 찰칵찰칵 사진을 찍었다.

"걔들은 이게 사진인 줄 절대 모를걸."

우리는 노을 속 백사장에서 찍은 사진 두 장을 보냈다. 나는 바람에 살랑살랑 흔들리는 야자수 앞에서 웃고 있었다. 블루 라군 딜럭스는 천국이야. 나는 이렇게 썼다.

그리고 마틸데가 또 뭐라고 답장을 보내기 전에 휴대폰을 꺼 버렸다.

포근하고 아름다운 여름날 저녁이다. 꿈같은 여름밤. 우리는 작은 창문을 열어 바깥의 신선한 공기를 들였다. 현관문도 열어 놓고 잠시 지하실 계단에 앉아 뜨거운 벽에 몸을 기댔다. 엄마 생각이 났다. 엄마는 지금 얀느 집에서 와인을 마시면서 즐거워하고 있겠지. 언젠가는 우리 엄마도 생활을 잘 꾸리는 엄마가 될지도 모른다.

고요하고 후덥지근하더니 갑자기 천둥번개가 치기 시작했다. 빌메르의 빨간 티셔츠를 쳐다봤다. 행복했다. 무릎을 빌메르 무릎에 꼭 붙였다. 피부에 빌메르의 온기가 전해졌다.

빌메르의 좋은 점은 서로 아무 말도 하지 않고 그냥 있어도 조금도 어색하지 않다는 것이다. 무릎을 맞대고 오랫동안 계단에 같이 앉아 있다가 어느 결엔가 빌메르가 다시 이야기를 시작했다.

"여름방학이 얼마나 남았지?"

예전엔 시간, 분, 초를 훤히 꿰고 있던 내가 이젠 개학이 언제인지도 생각나지 않았다.

"방학이 정말 빨리 지나가 버린 것 같아."

내가 대답을 못 하자 빌메르가 말했다.

"정말 그래."

나는 엄마가 교육을 받아야 한다고 말하던 날을 떠올렸다. 여름 방학 내내 집 안에 쭈그리고 앉아서 지루하게 1분 1초를 세면서 방학을 보낼 거라 생각했다. 그런데 모든 것이 달라졌다. 빌메르 덕분에.

날이 시원해지자 우리는 집 안으로 들어갔다. 빨간 소파에 앉아 빌메르의 아이팟에 있던 음악을 들었다. 갑자기 빌메르가 일어나서 붉은 노을 쪽으로 걸어갔다. 거기 서서 이리저리 몸을 움직이기 시작했다. 독특하고 부드러운 몸짓으로 리듬을 탔다. 지금 춤을 추고 있는 건가?

"춤추는 것도 남쪽 목록에 있어."

빌메르의 말에 웃음이 나왔다.

빌메르가 춤을 청하듯 내게 손을 내밀었다. 나는 노을이 그려진 벽지로 갔다.

빌메르의 좋은 점 또 하나는 노을을 배경으로 함께 춤을 추어도 전혀 어색하지 않다는 것이다.

우리는 빙글빙글 바보같이 돌면서 웃어 댔다. 몸을 마구 움직이고 큰 소리로 노래했다. 빌메르는 아크로바틱하듯 다리 찢기를 하려고 했고 나는 발레 하듯 춤을 추었다. 우리는 정신 나간 사람들처럼 엉덩이를 흔들었다.

'사랑과 영혼', 고통을 담은 가사와 함께 잔잔한 노래가 시작됐다.

"다른 춤을 출 차례야."

빌메르가 손을 내밀었다. 내가 다가가자 오징어처럼 나를 꼭 잡았다. 팔을 내 팔에 올려놓고 나를 가까이 끌어당겼다. 심장이 다시 쿵쾅거리기 시작했다. 우리는 어른들처럼 춤을 추었다. 부드럽게 이리저리 돌았다. 수다를 떨거나 농담을 지껄이지도 않았다. 빌메르의 팔은 따뜻하고 편안했다. 모든 것이 따뜻하고 편안했다.

잠자리에 들기 전에 파라다이스 스파에서 이를 닦았다. 빌메르는 담요와 시트를 가져왔지만 매트리스와 침낭은 깜빡하고 왔다. 그래서 우리는 함께 빨간 소파에서 자기로 했다.

우리는 서로 머리를 반대로 두고 조용히 누워 있었다. 방은 깜깜했다. 희미한 빛줄기만 작은 창문 사이로 비쳐 들어와 남쪽을 반으로 나눴다.

"빌메르?"

"응?"

"벌써 자는 거야?"

방금 대답했는데 이런 질문을 하다니.

"왜?"

빌메르가 몸을 돌렸다.

나는 전부터 묻고 싶었던 걸 물어볼 셈이었다. 그런데 입이 떨어지질 않았다.

"그레테 할머니 집에 갔을 때 말이야."

나는 말을 더듬으며 한참 뜸을 들였다.

"네가 그랬잖아. 아무도 사랑하지 않는다고."

빌메르는 아무 말도 하지 않았다.

"그래서?"

수십 초 뒤에 빌메르가 물었다.

나는 빌메르 얼굴을 보려고 몸을 일으켰다. 남의 머리에 발을 올려놓고 이런 이야기를 솔직하게 하기란 쉬운 일이 아니다. 빌메르는 베개에 얼굴을 파묻고 있어서 표정이 보이지 않았다.

어떻게 말을 이어야 할지 생각이 나질 않았다. 머릿속에 제대로된 말이 하나도 떠오르지 않았다. 쓸 만한 말이 없었다. 또 수십 초가 지나갔다. 예전의 나였다면 몇 초가 흘렀는지 정확하게 세었을텐데. 예전의 내가 아니었다. 언제부턴가 나는 더 이상 예전의 내가 아니었다.

"거짓말인 것 같아."

빌메르는 꼼짝도 하지 않고 누워 있었다. 일어나지도 않고 머리를 들지도 않았다. 잠든 것처럼 누워 있었다.

"무슨 소리야?"

빌메르가 물었다.

팔에 얼굴을 묻고 있어 빌메르 얼굴이 전혀 보이질 않았다.

"그래, 거짓말이었어."

나는 마른침을 삼켰다. 무슨 소리를 하는 거지? 나는 발로 빌메르를 건드려 보았다. 무슨 반응이라도 있겠지. 무슨 뜻인지 설명을 해 줘야 하지 않나? 나는 수수께끼를 좋아하지 않는다. 알쏭달쏭한 건 딱 질색이다. 이렇게 중요한 문제를 두고 수수께끼라니.

"지금 누군가를 사랑하는 것 같아."

빌메르는 일어나 앉더니 나를 쳐다봤다. 사랑스럽고 둥근 눈이었다. 꼭 래브라도 리트리버 같았다. 가슴이 뛰었다. 길고 세찬 박동이 느껴졌다.

남쪽은 고요하고 아름다웠다. 빌메르는 이불에서 손을 꺼내더니 내 손에 올렸다. 우리의 손가락들이 서로 얽혔다. 빌메르는 내게 자기를 사랑하느냐고는 묻지 않았다. 사랑은 볼 수 있기 때문일 거다. 아마도 내 가슴이 뛰는 소리가 들렸거나, 빨개진 얼굴 때문이거나, 아니면 잠시도 웃음을 참지 못하는 입술 때문일 거다.

"너 정말 예뻐."

155

빌메르가 속삭였다.

나는 세상 어떤 빨간 티셔츠보다도 더 얼굴이 빨개졌다.

빌메르가 내게로 다가왔다. 우리는 바싹 붙어 앉았다. 아무도 말을 하지 않고 숨소리만 들렸다. 빌메르가 내 어깨에 머리를 기댔다. 그 애의 곱슬머리가 내 턱을 간질였다. 그리곤 마침내 그 일이 일어났다. 키스를 한 것이다. 팔을 꼭 잡고, 빌메르의 따뜻한 숨결이 뺨에 느껴지고, 그 애 입술이 내 입술에 포개졌다. 빌메르 냄새가 났다. 아주 좋은 냄새였다.

우리는 소파에서 나란히 누워 잠이 들었다. 귀에 빌메르의 숨결이 느껴졌다. 등에는 빌메르의 손이 올려져 있었다. 잠들 때까지 지금까지 있었던 일을 모두 떠올려 봤다. 키스, 해 질 녘 댄스, 마틸데에게 보낸 사진. 엄마는 얀느 집에 있고, 나는 마리아라는 친구 집에서 자는 걸로 되어 있다. 꿈의 여름을 보내고 있다. 방학이 끝나면 우리는 어떻게 될까.

다음 날 아침 눈을 떴을 때 빌메르는 옆에 없었다. 방 안은 시원했고 밖에서는 물방울 떨어지는 소리가 들렸다. 나는 기지개를 켰다. 내 몸은 어딘가 예전과는 달라진 느낌이었다. 근육, 관절, 피부, 머리카락, 손톱…… 모든 게 새로 짜맞춰진 것 같은 느낌이었다. 검지손가락으로 입술을 쓸어 보았다. 거칠고 이곳저곳 갈라져 있었다. 키스 때문에 이렇게 튼 걸까? 생각만 해도 머리부터 발끝까지 찌릿해졌다. 가슴속에서 무언가가 퍼져 나와 몸 전체를 간지럽히는 느낌이었다. 가슴이 너무 세차게 뛰어서 옆으로 돌아누웠다. 눈을 감고 목에서도 맥박이 세차게 뛰는 걸 느꼈다. 함께 웅크리고 누워 있었더니 팔과 다리가 뻣뻣했다. 밤새 둘이 한 소파에서 함께.

빌메르는 대체 어디 있지? 몸을 일으켰을 때 소리가 들렸다. 선라이트 티베르나에서 무언가 달그락거리는 소리였다. 맛있는 냄새가 여기까지 퍼져 왔다. 나는 바닥에 놓아둔 휴대폰을 집었다. 전원을 켜고 부팅될 때까지 기다리려니 마음이 급해졌다. 화면이 켜질 때까지 너무 오래 걸렸다. 부엌에서는 유리잔 부딪히는 소리가 들렸다.

알림이 떴다.

부재중 전화 12통. 무슨 일이지? 통화 기록을 눌렀다. 마틸데! 마틸데가 나한테 12번이나 전화를 한 것이다.

위장이 뒤틀리는 것 같았다. 입술이 바싹 말랐다. 왜 마틸데가 나한테 이렇게 전화를 했을까? 전에는 한 번도 전화한 적이 없는데.

이전 화면으로 돌아가서 보니 새 메시지가 7개 와 있었다. 잠시 망설이다 메시지를 눌렀다.

우리 지금 너희 집으로 가는 길이야. 알고나 있으라고.

나는 자리에서 벌떡 일어났다. 지금 들고 있는 휴대폰이 폭탄처럼 보였다. 곧 터질 것만 같았다. 벽에다 수류탄을 던져 폭파시키듯 멀리 던져 버릴 수 있다면. 그래서 나는 조금도 다치지 않을 수만 있다면 얼마나 좋을까. 하지만 손바닥 위에 있는 묵직한 물체를 던져 버릴 수가 없었다. 오고 있는 중이라고? 우리 집에? 왜?

스크롤을 내렸다. 메시지들을 훑어 내려가는데 마틸데의 문자창에서 무시무시한 말들이 튀어 올랐다.

우리는 다 알아. 거짓말쟁이.

계속 아래로 내렸다. 어제 마틸데에게 보낸 사진이 나왔다. 그 사진을 보고 있으니 가슴이 찌르는 듯 아팠다. 노을 앞에서 수영복을 입고 있는 나. 빌메르와 내가 만든 노을.

갑자기 빌메르가 우스꽝스럽게 보였다. 나도 너무 우스꽝스럽게 보였다. 수영복을 입은 내 모습이 유치하기 짝이 없었다. 가짜 노을. 그건 그냥 벽지일 뿐이었다. 갑자기 나는 원래의 이나로 돌아왔다. 모든 것이 원래대로 돌아왔다. 다시 겁이 나기 시작했다. 마틸데, 레이네, 마르쿠스 앞에서 작아지는 나로 돌아왔다. 생일파티와 방학, 거짓말, 허세 부리기. 모두 애들이 알아내려고 마음만 먹으면 다 알 수 있는 것들이었다.

네가 남쪽 나라에 있지 않다는 거 다 알고 있어!

나는 첫 번째 문자 메시지를 뚫어져라 쳐다봤다. 내가 노을 사진을 보내고 휴대폰을 끄자마자 바로 온 문자였다.

왜 거짓말했어?

눈이 무언가에 찔린 듯 뜨거워졌다. 목에서 뭔가가 치미는데 삼킬 수가 없었다. 머리가 뜨거워지고 흐릿해졌다.

레이네와 나는 니네 집에 갔다 왔어. 네가 잊어버리고 안 가져왔던 내 생일 선물 받으려고. 근데 너희 엄마가 네가 마리아 집에 놀러갔다고 그러시더라!

눈앞이 자꾸 뿌예지는 것 같아 몇 번이나 눈을 감았다 뜨면서

159

메시지를 계속 읽으려 애썼다.

우리 반에 네 베스트 프렌드 마리아라는 애가 있다고?

심장이 너무나 거세게 뛰었다. 가슴이 터질 것만 같았다. 이러다가 심장이 가슴에서 튀어나와 바닥에 굴러떨어지지 않을까? 고동소리가 귀를 두드려 댔다. 눈에서 눈물이 흘러나왔다. 눈을 깜빡거려 털어내면 다시 흘러넘쳤다.

아까는 네 엄마한테 아무 말도 하지 않았지만 이제 할 거야.

너 같은 거짓말쟁이 딸을 둔 벌이지.

반 아이들한테도 네가 거짓말했다고 전부 이야기할 거야.

너 지금 어디야? 전화 받아!

그리고 마지막 문자.

우리 지금 너희 집으로 가는 길이야. 알고나 있으라고.

전화기를 든 손이 떨렸다. 다리도 떨려 서 있기가 어려웠다. 마지막 문자를 보낸 시간이 10분 전! 마틸데 집에서 우리 집까지는 15분 거리다!

나는 바닥에 쌓인 옷 무더기를 뒤져 내 반바지를 움켜쥐었다. 잠옷을 벗어 던지고 어제 입었던 티셔츠를 급히 걸쳤다. 펄쩍 뛰어올라 바지 지퍼를 올리면서 신발을 찾았다. 신발은 대체 어디 있지?

그때 빌메르가 나타났다.

"룸 서비스입니다. 아침식사 가져왔습니다."

빌메르는 즐거운 표정으로 계란과 베이컨이 담긴 접시 두 개를 내밀었다.

빌메르는 세상에서 가장 유치찬란한 티셔츠를 입고 있었다. 가슴에 커다란 엘사와 안나의 사진에다 자매는 영원히라는 글자가 새겨진 티셔츠였다. 빌메르가 미소 지었다.

나는 100분의 1초 동안 빌메르를 쳐다봤다. 더 생각하고 말고 할 것도 없었다. 빌메르는 빌메르일 뿐이다. 불쌍한 빌메르. 삐딱한 앞니에 사회화 수준은 0이다. 아버지가 파산해서 휴가를 갈 수 없다고 공개적으로 이야기할 정도다. 초대도 받지 않고 마틸데 생일에 나타난 우리 반 최고의 아웃사이더. 모르는 사람 집 창문에 돌을 던지는 사이코. 내가 이런 애와 한 소파에서 잠이 들고 키스까지 했다니. 여기 지하실에서 몇 주 동안이나 둘이 애들처럼 놀았다니. 모든 것이 예전으로 돌아갔다. 지금 마틸데와 다른 애들이 여기로 오고 있다잖아! 빌메르와 여기 있다가 애들한테 들킨다면 최악이다.

"난 이제 더 이상 너와 놀 수 없어!"

빌메르에게 말하면서 휴대폰을 집었다.

"얼마나 바보 같았는지 모르겠어? 정말 유치한 장난이었어."

내 목구멍에서 목이 졸리는 듯한 소리가 나왔다.

빌메르 얼굴이 어두워졌다.

"넌 얼른 집에나 가! 지금 바로! 놀이는 끝났어. 끝났다고!"

그러고는 문으로 달려갔다. 문을 벌컥 열고 한 번에 두 계단씩 뛰어 올라갔다. 뒷마당으로 갔다. 비가 내리고 있었다. 모래 놀이터, 건조대, 풀밭을 지났다. 입에서 피 맛이 났다. 입술이 찢어진 듯했다. A동 앞엔 아무도 없었다. 돌아서서 빌라 진입로 쪽으로 갔다. 퇼레바퀴 협동주택에 오신 것을 환영합니다라고 쓰여진 간판 아래섰다. 마틸데의 휴대폰 번호를 누른 뒤 귀에다 댔다. 받지 않는다. 메시지를 보냈다.

우리 집에 오지 마. 내가 다 설명할게.

메시지를 보낸 지 3분 만에 아이들이 거리 저쪽에서 나타났다. 더는 입에서 피 맛이 나지 않았다. 헐떡거리지도 않게 됐다. 내가 울었다는 걸 아무도 모르기만 바랄 뿐. 입구에 서서 기다리면서 용기를 내려고 했다. 뭐라고 말할지 계획을 세워 보려고 애썼다. 그러나 마틸데와 레이네는 순식간에 와 버렸다. 강하고 단호한 걸음걸이로 입구를 지나 **틸레바퀴 협동주택에 오신 것을 환영합니다** 간판 앞에서 발을 멈췄다. 둘은 화난 얼굴로 나를 쏘아보았다. 나는 죄인이다. 걔들은 나를 잡으러 왔다.

"안녕. 방학 잘 보내고 있어?"

나는 미소를 지었다.

마틸데는 내 질문을 무시했다.

"또 무슨 허튼소리야? 이나, 너는 왜 입만 열면 거짓말이야?"

나는 입을 다물었다. 할 말이 없었다. 머릿속에 떠돌던 말들은 입으로는 나오지 않았다. 안 그래도 한없이 작아지고 있는데 더 초라해질 수는 없었다.

"어제 우리가 여기를 지나는데 너희 집 창문이 열려 있더라. 그래서 내 생일 선물을 받으러 갔지. 네 엄마한테 남쪽 휴가는 어떠셨냐고 했더니 방학 내내 집에만 있었다고 하시더라."

"남쪽이 좋냐고 문자를 보낸 건 네가 뭐라고 대답하는지 보려고 그랬던 거야. 그랬더니 넌 또 거짓말을 했고."

레이네는 고개를 흔들었다.

"너는 우리 반 애들 전체를 속였어! 네가 올린 사진은 전부 가짜야!"

"네 엄마는 네가 마리아라는 애와 놀러다니는 줄 아시더라."

마틸데가 덧붙였다.

둘은 범인을 심문하는 경찰처럼 굴었다. 어째서 내 일에 이렇게까지 간섭하는 걸까?

"거짓말하는 사람을 보는 건 정말 끔찍한 일이야."

레이네가 내 마음을 읽은 것처럼 날카롭게 말했다.

"대체 넌 어디 있었어?"

달리지도 않았는데 다시 입에서 피 맛이 났다.

"이번엔 진실을 듣고 싶어. 어제 경찰에 신고할까 생각도 했어."

나는 등 뒤에서 집게손가락과 가운뎃손가락을 꼬면서 행운이 찾아와 주기를 빌었다. 하지만 나도 안다. 나를 도와줄 사람은 없다. 지금은 누구도 나를 도와주지 못한다.

"남쪽 비슷한 곳에 있었어."

나는 더듬더듬 말을 시작했다가 바로 후회했다.

"지금 제정신이야?"

마틸데와 레이네가 입을 모아 외쳤다.

나는 고개를 떨궜다. 어쩌면 좋을까. 무슨 말로도 쟤들을 당해 낼 수는 없다.

"빌메르였어."

나는 불쑥 이렇게 말해 버렸다.

"전학생……."

F동을 가리켰다.

"걔는 저기 살아. 어쩌다 걔랑 이야기를 하게 됐는데, 걔가 아이디어를 냈어."

목소리가 기어들어 갔다. 나는 다시 입을 다물었다.

아이들은 호기심 가득한 눈으로 나를 쳐다봤다.

"무슨 아이디어?"

레이네가 물었다.

나는 대답하지 못했다.

"왜 말을 못 해?"

"남쪽 말이야."

나는 간신히 대답하면서 그제야 내 발이 젖어 있다는 걸 알았다. 신발도 신지 않고 뛰어다녔더니 발이 시렸다.

"달리 할 일도 없어서 그냥 좀 거들었을 뿐이야."

목소리에 점점 힘이 들어갔다.

"빌메르가 비어 있던 옛날 관리인의 집을 찾았어."

이제 돌이킬 수 없었다. 계속 말하는 수밖에 없었다.

"빌메르가 그곳을 남쪽 휴가지처럼 만들었어. 튜브 수영장으로 풀장을 만든다거나 하는 식으로."

둘은 나를 뚫어져라 보았다.

"튜브 수영장으로?"

"웃기는 일이었지."

내가 말했다.

둘은 웃음을 터트렸다. 의심이 사실로 밝혀져 기쁜 것 같았다.

"정말 유치했어."

마틸데와 레이네는 서로를 쳐다보았다.

"남쪽에 휴가 간 것처럼 놀았던 거야. 지하실에서."

나는 지하실 쪽을 가리켰다.

"우리한테 보여 줘. 안 그러면 애들한테 네가 거짓말했다고 다 얘기할 거야."

마틸데는 점령군처럼 지하실 쪽으로 걸어갔다.

우리는 정글짐과 모래 놀이터, 풀밭을 지나갔다. 한 남자가 건조대 옆에 서서 혼잣말을 하면서 손으로 자기 얼굴을 치며 욕을 하고 있었다.

"이런 곳은 처음이야. 사회의 그늘이라는 게 이런 곳일까."

레이네가 속삭였다.

"바퀴 빌라라는 별명이 괜히 붙은 게 아니었어. 딱 맞네."

마틸데가 말했다.

내 양말은 젖어서 자꾸 아스팔트에 달라붙었다. 티셔츠에 얇은 반바지만 입고 있어서인지 몸이 떨렸다. 눈에서 자꾸 뭔가가 밀려 나오려고 해서 아랫입술을 꽉 깨물었다. 울지 마. 절대 울면 안 돼.

뒤뜰을 가로질러 끝까지 왔다.

“여기야.”

나는 계단을 가리켰다.

“여기 아래쪽.”

마틸데와 레이네는 아주 무서운 곳을 지나는 것처럼 서로를 꼭 붙들고 계단을 내려갔다. 계단 아래 무시무시한 게 도사리고 있기라도 한 것처럼.

나는 아무것도 모르고 있을 빌메르를 생각했다. 베이컨과 계란 프라이를 만들고 있던 빌메르. 갑자기 가슴이 찌르는 듯 아파서 아랫입술을 더 세게 깨물었다. 나는 이제 예전 이나로 돌아왔다. 늘 무섭고 불안한 이나.

둘은 간판을 읽었다.

남쪽에 오신 것을 환영합니다.

프리다와 안톤의 파라다이스.

“프리다와 안톤은 또 누구야?”

마틸데가 웃었다.

나는 대답하지 않았다. 또 웃음거리로 만들 게 뻔했기 때문이다. 사랑 때문에 아파했던 나이 든 관리인의 이야기엔 관심도 없을 거다.

문은 닫혀 있었지만 빌메르가 문 여는 법을 알려 준 적이 있었다. 열쇠 구멍에 동전 같은 걸 밀어 넣으면 된다. 주머니에 1크로네 동전이 있었다. 동전을 구멍에 넣었다. 짤깍 소리가 나면서 문이 열렸다. 둘은 안으로 들어갔다. 우리의 남쪽으로.

안에는 아무도 없고 조용했다. 베이컨 굽는 냄새가 아직 남아 있었다. 배에서 꼬르륵거리는 소리가 났다.

"누구 있나요?"

내가 소리쳤다. 아무도 대답하지 않았다. 빌메르는 내가 시킨 대로 집에 갔나 보다. 마틸데와 레이네가 그 유치찬란한 티셔츠를 입고 있는 빌메르를 보지 않게 된 것만으로도 다행이었다.

둘은 눈을 휘둥그레 뜨고 소파 옆에 서 있었다. 방 안을 둘러보면서 하나하나 손가락으로 가리키며 속닥거렸다. 신비로웠던 우리의 남쪽이 대낮의 빛에 부끄럽게 널려 있었다.

"이게 다 뭐야?"

둘은 헬로 키티가 그려진 분홍색 풀장을 쳐다보고, 바닥의 모래를 내려다보고, 일광욕 의자를 손가락질했다. 의자엔 내 원피스 수영복과 빌메르의 수영복 바지를 말리려고 걸어 놨다. 둘은 노을과 초를 보았다. 빨간 파라솔, 파라다이스 스파 입구에 만들어 놓은 간판도. 파라다이스 스파. 당신의 꿈이 현실이 되는 곳.

"가난한 사람들은 이런 곳에 사는구나."

나는 불쌍한 이다. 나는 지금까지와는 다른 눈으로 남쪽 나라를 보고 있다. 마틸데와 레이네의 눈으로 남쪽의 모든 것을 본다. 우리가 함께 만든 이곳은 얼마나 초라한가. 남쪽이라니! 내가 얼마나 유치하게 놀았는지 하나하나 떠올랐다. 하지만 너무나 즐거웠다. 우산 장식을 꽂은 음료수가 테이블에 그대로 있었다. 방갈로에서 잔 게 어제였는데 백 년도 더 된 것 같았다. 집은 조용했다.

"여기서 사진을 찍은 거야?"

마틸데가 벽지를 가리켰다.

나는 고개를 끄덕였다. 눈물이 차오르는 게 느껴졌다. 지금 울면 안 돼. 나중에 실컷 울 수 있어.

"빌메르가 내 사진을 찍었어."

순간 눈물이 사라졌다.

허리가 펴지고 몸에 힘이 생기는 느낌이었다. 누군가의 뒤에 숨을 수 있다면. 보호막 같은 걸 얻을 수 있다면. 나는 튜브 수영장, 일광욕 의자, 파라솔, 노을 벽지를 가리켰다.

"빌메르가 쓰레기통에서 찾은 거야."

나는 웃었다. 웃음은 항상 옳다.

나는 머리를 굴렸다. 어쨌든 원래 다 빌메르 아이디어였으니까. 빌메르가 관리인의 오래된 집을 남쪽 나라 리조트로 바꾸자고 한 거다. 지하실에서 놀려고 자물쇠를 부순 것도 걔다.

"나는 그냥 몇 번 온 거야."

거짓말을 했다.

"걔는 정말 괴짜구나."

레이네가 말했다.

"그렇더라고."

내가 맞장구를 쳤다.

170

갑자기 빌메르가 모두의 적이 됐다. 빌메르는 나와 어울리지 않는다. 처음부터 나도 알고 있었다.

"걔는 말하자면 방학 친구 같은 거지."

생각보다 일이 잘 풀릴 것 같아 내처 말했다.

"다른 친구들이 없을 때만 함께 노는 애 말이야."

애들은 내 말을 이해하는 듯했다. 얘네들이야말로 남쪽에 휴가를 다녀 봤으니 방학 때 만났다가 쉽게 헤어지는 그런 친구들을 자주 사귀어 봤을 거다. 사실 나는 원래 빌메르와 방학 동안에만 같이 놀려고 하긴 했다. 개학하고 다른 아이들 앞에서 빌메르와 친하게 지낼 생각은 결코 없었다.

"걔네 집은 형편이 정말 좋지 않나 봐. 항상 여기 있더라고."

아이들이 호기심 어린 눈으로 나를 쳐다봤다. 내 이야기에 관심 있는 눈치였다. 나나 내 거짓말보다는 빌메르 이야기가 더 재미있겠지.

"말해 봐, 걔네 집이 어떤데?"

레이네가 졸랐다.

"아빠가 술을 엄청 많이 먹나 봐."

나는 빌메르가 지금까지 딱 한 번 남쪽 지방으로 휴가를 가 봤다고 이야기할 때를 떠올리며 말했다.

"그리고 엄마는 집을 나가서 스웨덴 어딘가에서 다른 사람이랑 애를 낳고 산대. 그래서 엄마랑은 영상통화만 한다나."

아이들 표정이 바뀌었다. 더 말해 달라고 얼굴에 써 있었다. 궁금해 죽겠다는 표정이었다.

"걔는 찢어지게 가난해. 끔찍한 티셔츠에다 커다란 아빠 바지를 입고 다니지. 그리고 걔 휴대폰은 너무 오래돼서 완전히 썩었어. 배터리는 5분마다 방전되고 카메라도 끔찍하더라고."

둘은 웃었다. 내가 유명 코미디언이라도 되는 것처럼 내 입만 쳐다봤다. 나는 숨을 깊이 들이마셨다.

"걔는 휴가라고는 지금까지 딱 한 번 남쪽에 가 본 게 전부래. 그런데 아빠는 그때 내내 술에 취해 있었다니 휴가도 아니었던 거지."

둘은 믿을 수 없다는 얼굴이었다. 단 한 번 휴가를 가 봤다고? 부활절 방학, 여름방학, 가을방학, 크리스마스 때도 휴가를 못 갔다고? 그런 사람이 있을 수 있어?

"세상에, 걔 진짜 루저구나."

마틸데가 말했다.

"그러게."

내가 말했다.

가슴 깊이 뭔가가 찌르는 듯한 아픔이 느껴졌다.

다들 조용했다. 내 연설은 끝났다. 이제 코미디언은 무대에서 내려올 시간이다. 다시 불안해지기 시작했다.

"거짓말해서 미안해."

나는 개처럼 말했다. 꼬리를 흔들며 애원했다. 둘이 막대기를 던진다면 얼른 달려가서 물어 올 기세였다.

마틸데와 레이네는 나를 용서해 줄지 말지 의논이라도 하듯 말없이 서로 시선을 교환했다.

"괜찮아. 하지만 앞으론 진실만을 말해야 해."

마침내 마틸데가 말했다.

나는 충직한 개처럼 머리를 끄덕였다. 꼬리를 늘어뜨린 개처럼.

"네 엄마한테도."

나는 또 고개를 끄덕였다. 어차피 엄마한테 마리아 이야기를 하려고 기회를 보던 참이었다.

다시 침묵이 흘렀다.

그런데 갑자기 부엌에서 쿵 하는 소리가 들렸다. 의자 넘어지는 소리였다.

나는 얼어붙었다.

마틸데와 레이네가 놀라서 나를 쳐다봤다. 나는 숨을 쉴 수가 없었다. 제발 이것이 현실이 아니게 해 주세요. 만약 그렇다면……난 죽어 버릴 거예요.

나는 재빨리 거실을 가로질러 선라이트 타베르나 식당으로 갔다. 문이 열려 있었다. 부엌으로 들어갔다. 조용했다. 쥐 죽은 듯 조용하고 텅 비어 있었다. 계란 프라이와 베이컨이 든 접시가 손도 대지 않은 채 식탁 위에 있었다. 의자 하나가 바닥에 넘어져 있었다.

173

나는 헉 소리를 내며 숨을 멈췄다. 그때 보았다. 빌메르가 벽과 더러운 레인지 사이에 웅크리고 앉아 있었다. 팔로 무릎을 감싸고 바닥을 내려다보고 있었다. 곱슬머리는 조금도 움직이지 않았다. 눈은 텅 빈 듯 열려 있었다. 빈 조개껍질처럼.

빌메르가 들었다. 내가 말한 이야기를. 전부 들었다. 하나하나. 한 마디 한 마디 전부 다.

나는 남쪽에서 뛰쳐나갔다. 계단을 뛰어 올라갔다. 마틸데와 레이네도 나를 따라왔다. 손으로 얼굴을 문질렀다. 지금 있었던 일을 머리에서 지우고 싶었다.

"좀 전에 무슨 소리였지?"

마틸데가 헐떡이며 물었다.

빌메르는 레인지 뒤에 있었다. 구석에 곱슬머리가 튀어나와 있었다. 고개를 떨구고 앉아 있었다.

"아무것도 아니야."

목에 뜨거운 덩어리 같은 것이 걸려 말이 잘 나오지 않았다.

"창문 닫히는 소리였어."

나는 빠른 걸음으로 뒤뜰을 지났다. 아직도 양말만 신은 채였다.

마틸데와 레이네가 헐떡이며 따라왔다. 둘에게는 절대 내 얼굴을 보여 줄 수 없었다. 얼굴빛이 완전히 달라져 있을 테니까.

빌메르는 레인지 뒤에 있었다. 전쟁터에 있는 병사처럼 꼼짝도 하지 않고. 빌메르 생각을 하지 않으려 했다. 생각만 해도 마음이 너무 아팠다. 빌메르의 곱슬머리, 귀. 그 애 생각을 지워야 한다!

뒤뜰은 초라하고 축축했다. 다행히 그 이상한 아저씨는 더 이상 없었다. 모래 놀이터에는 쓰레기와 빈 병, 비닐봉지가 있었다. C동 창문에는 누군가 이불을 널어 두었다. 테라스와 화사한 커튼이 딸린 커다란 집들이 떠올랐다. 차고가 있고 딱 달라붙는 흰색 바지를 입은 엄마들이 사는 곳.

"무슨 일이야? 왜 이렇게 서둘러?"

레이네가 숨이 차서 헉헉거렸다.

A동에 도착했다. 애들은 왜 집에 안 가지?

출입문을 열자 둘은 나를 따라 들어와 계단으로 갔다. 나는 아무 말도 하지 않고 계단을 올랐다. 목구멍에 뜨거운 덩어리 같은 게 걸려 있었다. 한마디라도 하면 눈물이 터질 것 같았다. 마틸데와 레이네가 갈라진 벽과 찌그러진 우편함을 빤히 쳐다보는 게 느껴졌다. 어디선가 뭔가를 굽는 냄새가 났다. 천장 등은 한물간 디스코 클럽의 네온사인처럼 깜빡거렸다. 1층과 2층 사이 계단참에는 빈 스티로폼 상자가 놓여 있었다. 그 옆에 먹다 남은 되너 케밥이 흩어져 있었다. 2층에 사는 사람들은 여느 때처럼 시끄럽게 말

다툼을 하고 있었다. 남자가 무어라 소리쳤다. 그 소리에 마틸데와 레이네는 흠칫 놀랐다. 3층에선 담배 냄새가 났다. 창가에 담배꽁초가 있었다.

둘은 눈을 크게 뜨고 주변을 둘러보았다. 빈민가를 구경하는 관광객들 같았다.

나는 우리 집 문 앞에서 발을 멈추고 문을 열었다. 가슴이 방망이질 쳤다.

"우리도 들어갈 거야."

레이네가 단호하게 말하고 우리 집 작은 현관으로 들어갔다.

"이나, 왔니!"

엄마가 거실에서 부르는 소리가 들렸다.

엄마 목소리는 부드러운가, 피곤한가, 화난 느낌인가? 엄마 목소리를 너무나 잘 알지만 지금은 전혀 가늠할 수 없었다. 머릿속에 너무 많은 생각이 뒤엉켜 있었다.

빌메르는 레인지 뒤에 있었어. 내가 말하는 걸 다 들었어.

엄마가 거실 문을 열고 나왔다. 기름진 머리를 내려서 어깨 위에서 묶고 헐렁한 바지를 입고 있었다. 딱 달라붙는 바지와 빨간 립스틱 같은 차림새와는 거리가 먼 패션이었다. 바퀴 빌라에 완벽하게 어울리는 패션이었다.

엄마는 얼른 머리끈을 풀었다.

"아, 친구들이 같이 왔구나?"

엄마는 당황하며 손가락으로 머리를 빗어 매만지려고 했다.

"저희 다시 왔어요."

마틸데와 레이네가 인사했다.

엄마한테서 이상한 냄새가 났다. 시큼한 냄새. 어제 마신 와인 냄새인 것 같았다.

"마리아네 집은 어땠어?"

엄마가 물었다.

현관이 조용해졌다.

마틸데가 몸을 돌려 팔꿈치로 내 옆구리를 쿡쿡 찔렀다. 내게 신호를 보내는 거다. 레이네가 옆에서 헛기침을 했다.

나는 입술을 깨물었다. 어제 빌메르와 키스했던 입술. 오늘은 너무 많은 말, 그것도 너무 비열한 말을 한 입술. 게다가 이제 또 비참한 말을 해야 하는 입술.

나는 엄마를 바라보았다. 엄마 눈을 쳐다봤다. 엄마가 울면 어쩌지?

"엄마, 앉는 게 좋겠어."

나는 엄마를 조심스럽게 거실로 데려갔다. 엄마는 내게서 눈을 떼지 않았다.

마틸데와 레이네가 우리를 따라왔다. 그리고 마틸데네 거실의 절반 크기인 우리 집을 둘러보았다. 우리 거실에는 꽃으로 장식한 커다란 탁자도 없고, 우리 반 전체가 앉을 수 있는 회색 소파도 없다. 등받이에 담요를 대어 둔 낡아빠진 안락의자만 하나 있다. 후줄근한 옷을 입은 엄마가 불안한 얼굴로 거기 앉았다.

나는 숨을 들이마셨다.

"엄마, 마리아는 없어."

내 목소리는 작고 떨렸다. 더 이상 말을 이을 수가 없었다.

엄마가 웃었다. 이상하고 짧은 웃음소리였다. 이내 웃음이 사라졌다. 엄마는 나를 보고 있다.

"이나? 무슨 말 하는 거니?"

"그런 애는 없어."

나는 되풀이했다.

내 목소리는 더 작아졌다. 목구멍이 점점 줄어들어 곧 숨도 쉬지 못하게 될 것 같았다.

"내가 만들어 낸 얘기야."

엄마는 입을 딱 벌리더니 소파에 몸을 파묻었다. 수만 가지 생각이 떠오르는 듯 몹시 혼란스러워하는 것 같았다.

"하지만."

엄마는 무어라 말하려다 다시 입을 다물었다.

"우리가 진실을 밝혀냈어요."

레이네가 말했다. 배우 학교에서 무대연습이라도 하는 듯한 연극적인 말투였다.

"이나가 요즘 거짓말을 너무 많이 했어요."

엄마의 눈이 빛을 잃고 흔들렸다. 그 모습에 마음이 아팠다.

"하지만 마리아와 있지 않았다면 매일 어디 있었니?"

엄마 목소리가 떨렸다. 엄마는 놀랐지만 정신을 차리려 애쓰고 있었다.

"남쪽에."

나는 흐느꼈다.

이제 더 이상은 참을 수가 없었다. 목구멍의 뜨거운 덩어리가 숨통을 막고 수천의 작은 눈물방울이 되어 흘러나왔다.

"남쪽에?"

엄마는 깜짝 놀랐다.

더 이상은 말을 할 수 없었다. 한마디도. 눈물만 나왔다. 빌메르 때문에. 엄마 때문에. 내가 했던 모든 말, 모든 행동, 모든 거짓말 때문에.

"새 학기부터 우리 반에 남학생 한 명이 전학 올 거예요."

마틸데가 말하는 소리가 들렸다.

"걔는 여기 튈레바켄에 살아요. 걔가 뒤뜰 지하실에 남쪽이라면서 노는 곳을 만들었대요. 쓰레기통에서 찾은 잡동사니들을 모아서요. 이나한테도 같이 만들자고 했나 봐요."

눈물로 앞이 흐려져 엄마 얼굴이 잘 보이지 않았다. 눈을 깜박여 눈물을 털어내자 엄마가 일어서는 게 보였다. 갑자기 엄마가 후줄근한 옷차림의 거인처럼 우리 앞에 버티고 섰다. 손으로 허리를 받치고. 무서운 눈빛이었다.

엄마가 커다란 목소리로 물었다.

"그 아이 착하니? 그 남자애 착한 애냐고!"

"어. 걔 이름은 빌메르야. 착한 애야."

내 입에서 간신히 대답이 새어 나왔다.

심장이 오그라드는 것 같았다.

마틸데와 레이네는 미소를 짓고 다시 복도로 나갔다. 자신들이 한 일에 대해 매우 만족하는 것 같았다. 마침내 거짓말쟁이를 잡았다. 부정행위를 뿌리까지 밝혀냈다. 죄인은 자백했다. 나쁜 아이는 자신이 한 일을 후회한다. 이제 개선장군처럼 집으로 돌아갈 시간이다.

엄마는 다시 소파에 앉아 있었다. 머리를 고쳐 묶고 평소처럼 침착한 눈빛으로 돌아왔다. 나는 엄마에게 나중에 남쪽을 보여 주기로 했다. 앞으로는 엄마한테 비밀을 갖거나 거짓말하지 않기로 약속했다. 큰 목소리로 또박또박 말했기 때문에 현관에 있던 레이네와 마틸데도 들었을 거다. 나는 앞으로 진실만을 말할 것이다. 무슨 일이든 간에.

현관을 나서기 전에 마틸데가 말했다.

"하나 더. 내 생일 선물 말이야. 너 지금 가지고 있어? 아니면……."

나는 고개를 흔들었다.

"애초에 생일 선물은 없었어."

내가 말했다.

이미 완전히 벌거벗었기 때문에 마저 털어놓는다고 해서 달라질 것도 없었다.

"나는 돈이 없어. 그리고 엄마한테 달라고 하고 싶지도 않았어. 엄마는 생일이나 돈 드는 일이 생기면 스트레스를 받으셔. 그래서 네 생일 선물을 살 수가 없었고 집에 두고 왔다고 거짓말을 했어."

마틸데는 놀라서 나를 쳐다봤다. 오늘 들었던 모든 말 중에서 이 말이 가장 충격적인 것 같았다. 마틸데 눈에 눈물이 반짝였다. 나한테 생일 선물을 못 받은 게 마틸데에게는 여태껏 살면서 겪은 일 중 가장 끔찍한 경험일지도 모른다. 레이네가 마틸데를 끌어안고 다독였다.

"자, 이제 너희는 모든 걸 알게 됐어."

이렇게 말하고 나는 문을 닫았다. 마음속이 텅 비어 버린 것 같았다.

오후에 엄마는 나를 따라 남쪽에 왔다.

그전에 우리는 오랫동안 이야기를 나누었다. 지금까지 딱 한 사람한테만 털어놓았던 이야기를 엄마에게 전부 말했다. 나는 친구가 없다고. 엄마를 힘들게 하고 싶지 않기 때문에 돈이 필요할 때도 엄마한테 말하지 않는다고. 다른 아이들은 모두 비싼 옷을 입고 멋진 물건을 갖고 있으며 생일 선물을 살 수 있다고. 다른 아이들은 외국으로 휴가를 간다고. 다른 아이들은 솔방토펜의 멋진 집에서 사는데 나는 여기 튈레바퀴 협동주택에 산다고. 우리 반 애들 대부분은 우리 집보다도 큰 거실이 있는 집에서 산다고. 다른 애들은 돈 걱정은 하지 않는데 나는 항상 돈 걱정을 한다고. 전부 말했다.

"이 이야기를 엄마 말고 또 누구한테 했니?"

엄마가 묻자 또 눈물이 터져 나왔다. 그 애 이름을 말하려고 할 때마다, 레인지 뒤에 있던 모습을 생각할 때마다, 그 애가 들었을 말들을 생각할 때마다 눈물을 참을 수가 없었다.

뒤뜰을 지나는데 심장이 조여들었다. 남쪽까지 몇 미터밖에 안 남았다. 빌메르가 빨간 소파에 앉아 있다면 무슨 말을 해야 할지 막막했다. 내가 저지른 일은 세상의 어떤 말로도 보상할 수 없다. 나는 빌메르 얼굴을 마주 볼 수 없다. 나는 우주에서 가장 나쁜 인간이다. 나는 사람이 상상할 수 있는 가장 잔인한 방법으로 우리의 약속을 깨 버렸다.

맨 위 계단에 무언가가 있었다. 핑크색이었다. 가까이 가서야 무엇인지 알았다. 헬로 키티 핑크색 튜브 수영장. 한쪽은 축 늘어져 있고 다른 쪽에는 물이 아직 남아 있었다.

엄마와 나는 지하로 내려갔다. 간판을 보니 속이 울렁거렸다. 반으로 쪼개져 있었다. 반쪽에는 프리다, 다른 반쪽에는 안톤이라고 쓰여 있었다. 간판 조각들은 계단 여기저기에 널부러져 있었다. 문에는 테이프와 피자 상자 조각이 아직 붙어 있었다.

"여기가 어디니?"

엄마가 속삭였다.

나는 바지 주머니에서 동전을 꺼내 자물쇠에 넣고 몸으로 문을 밀었다. 딸깍하면서 문이 열렸다.

엄마는 불안하게 걸음을 내딛었다. 갑자기 괴물 같은 사람들이 튀어나오는 함정으로 내가 엄마를 끌어들이는 것 같은 분위기였다.

천장 등을 켜자 밝아졌다. 남쪽이 모습을 드러냈다. 그러나 이곳은 더 이상 빌메르와 나의 남쪽이 아니었다. 완전히 다른 곳이었다.

파라솔은 쓰러져 있었다. 엄마의 일광욕 의자는 휘어져 안톤 책상 옆에 누워 있었다. 바닥 전체에 모래가 흩뿌려져 있었다. 줄 전구는 구석에 팽개쳐 있었다. 벽에는 못만 철조망 가시처럼 비죽비죽 튀어나와 있었다. 벽에 붙어 있던 프리다의 사진은 사라졌다. 시가 적힌 수첩과 보내지 못한 편지가 든 봉투는 소파 옆 바닥에 떨어져 있었다. 노을은 찢어졌다. 아름다운 햇빛이 야자수를 비추는 바로 그곳에서 반으로 찢어졌다.

선라이트 타베르나 식당으로 들어갔다. 식탁에는 빈 접시 두 개와 노란색 계란 프라이 찌꺼기가 남아 있고, 식탁보에는 베이컨 한 조각이 붙어 있었다. 바닥에는 깨진 조각이 있었다. 집어 보니 부서진 릴리함메르 동계 올림픽 기념 찻잔이었다. 빌메르가 정말 없는지 전기레인지 뒤를 들여다보았다. 비어 있는 자리를 보니 한없이 슬퍼졌다.

파라다이스 스파의 모든 미용 용품은 세면대에 처박혀 있었다. 빌메르의 수건은 변기에 반쯤 걸쳐져 있었다. 바닥이 엉망진창이었다.

엄마는 여전히 거실 한가운데에 꼼짝도 않고 서 있었다. 금방이

185

라도 울 것 같은 얼굴이었다. 엄마에게 남쪽을 보여 주면 엄마가 나를 조금이라도 이해할 수 있을 거라고 생각했다. 하지만 이런 꼴이라면 역효과만 날 뿐이다.

"나는 세상에서 제일 나쁜 엄마야."

엄마가 속삭였다.

이야기가 갑자기 왜 이렇게 흘러가는지 이해가 안 됐다.

"잠에서 깬 기분이구나. 갑자기 아침이 되어 버린 것 같아."

엄마가 덧붙였다.

"엄마는 오랫동안 너무 피곤해했어."

내가 조심스럽게 말했다.

엄마가 고개를 끄덕였다.

"엄마는 네가 어째서 여름 내내 여기에 있었는지 이해가 안 돼. 나는 네가 해수욕장에서 잘 놀고 있는 줄 알았어. 마리아랑."

나는 아무 말도 하지 않고 다가가 엄마를 끌어안았다. 엄마의 심장이 뛰는 소리를 들었다. 우리는 그렇게 오랫동안 서 있었다.

그때 책상 위에 있는 반지가 눈에 띄었다. 손가락에 반지를 끼었다. 바닥에서 수첩과 편지를 집었다. 가슴에 꼭 끌어안았다. 가슴이 찌르는 듯 에이는 듯 아팠다. 모든 것이 망가졌다. 아름다웠던 시간은 모두 부서져 버렸다.

나는 빌메르에게 전화하지 않았다. 문자를 보내지도 않았다. F동에도 가 보지 않았다. 남쪽에도 다시 가지 않았다.

빌메르 방 창문은 깜깜했다. 집 전체가 불이 꺼져 있었다. 뒤뜰을 사이에 두고 내 방 창문 맞은편에 빌메르 집이 보인다. 빌메르가 집에 있다는 기적을 조금이라도 찾으려 계속 그쪽을 살폈다. 빌메르는 마리아처럼 내가 만들어 낸 가상의 친구가 아니라는 증거를 찾고 싶었다.

하지만 빌메르를 다시 만난다면 뭐라 말해야 좋을까. 아무리 머리를 쥐어짜도 이럴 때 꺼낼 수 있는 말이 없었다. 어떤 말도 적당하지 않았다. 나는 우리의 약속을 깨 버렸다. 그냥 미안하다는, 앞으로는 안 그러겠다는 말로는 충분하지 않다. 사과 따위는 아무 의미도 없다. 빌메르는 다시는 나와 말도 섞지 않을 거다.

   며칠이 지나갔다.

   3초에 한 번씩 빌메르를 생각했다. 다시 숫자 세기를 시작했다. 여름방학이 며칠, 몇 시간 남았는지 세고 있었다. 최고의 여름방학이면서 최악의 여름방학이기도 한 이번 방학이 13일에서 12일, 다시 11일에서 10일로 줄어들고 있었다. 휴대폰에서 빌메르의 전화번호를 뚫어져라 보다가 다시 꺼 버리곤 했다.

   빌메르 꿈을 여러 번 꾸었다. 빌메르는 자동차로 가득 찬 거리를 달려가고 있다. 점점 작아지더니 점이 되어 사라져 버렸다. 빌메르는 나에게 기대고, 내가 좋아했던 미소를 보여 주고, 곱슬머리를 까딱인다. 그리고 우리는 키스를 한다. 빌메르가 남쪽의 빨간 소파에 앉아 있는데 갑자기 소파는 보트가 되고 눈앞에 바다가 펼쳐진다. 빌메르는 배를 몰아 물결 속으로 들어갔다. 곱슬머리는 젖어서 머리에 달라붙었다.

   나는 안톤이 쓴 시를 읽었다. 형편없는 운율에다 감자 스튜 같은 비유를 읽으며 웃었다. 웃다가 또 눈물을 흘렸다. 안톤의 시는 빌메르가 쓴 시처럼 보였다. 내가 프리다가 된 기분이었다. 어떤 시의 제목은 '용서해 줘'였다. 나는 그 시를 베껴서 침대 머리맡에 붙여 두었다. 매일매일 아침에 눈뜰 때부터 밤에 눈 감을 때까지 볼 수 있도록.

이제 마리아도 남쪽도 없으니 엄마가 교육받는 동안 나는 매일 자전거를 타고 할머니 댁에 가야 했다. 할머니는 이 방법이 못마땅하신 듯했다.

"친구들 만나러 가지 않을래?"

할머니는 매일 똑같은 질문을 했고, 나는 매일 똑같은 대답을 했다.

"할머니, 전 친구 없어요. 아시잖아요."

그러면 할머니는 고개를 돌려 텔레비전 볼륨을 높였다. 할머니는 정상적인 것을 좋아한다.

엄마는 이제 매일 아침 식사를 만들어 주고 내가 입을 옷을 꺼내 놓는다. 오후에도 요리를 한다. 더 이상 냉동피자로 때우지 않았다. 오늘 하루는 어땠는지, 별일 없었는지 자주 물어본다. 엄마의 눈빛은 맑고 분명해졌다. 이제는 피곤해 보이지 않는다. 집에 오자마자 잠옷으로 갈아입고 축 늘어져 있지 않는다.

엄마는 깊은 잠에서 깨어난 것 같은 기분이라고 말했다. 나는 엄마와 정반대다. 예전에는 깨어 있었는데 지금은 자고 있다. 세상의 모든 것이 나를 지나쳐 갈 뿐이다. 나는 세상으로부터 떨어져 있다.

드디어 새우를 향한 엄마의 꿈이 이루어졌다. 어느 날 엄마는 무언가 두둑하게 들어 있는 가방을 들고 집에 왔다. 부엌에서 콧노래를 흥얼거리며 흰 빵을 잘랐다. 냉장고에서 버터와 마요네즈를 꺼내고 그릇에 새우를 담았다. 허브 소스까지 준비했다. 딜을 잘게 다져 버터와 마요네즈를 섞은 그릇에 넣고 휘휘 저었다. 그때 초인 종이 울렸다. 엄마는 나보고 문을 열어 주라고 했다. 가슴이 뛰었 다. 혹시…….

할머니였다. 할머니가 웃으며 나를 끌어안았다. 맥이 풀렸다.

"이나, 이나."

할머니가 나를 밀며 좁은 현관으로 들어왔다.

"새우 파티다!"

나는 침대에 누워서 엄마와 할머니가 거실에 상 차리는 소리를 들었다. 둘은 목소리를 낮춰 이야기하고 있었다.

"이나는 친구가 없니?"

할머니가 물었다.

"내가 저 나이 때는 종일 밖에 나가서 뛰어놀았는데. 열두 살에 친구가 없다는 건 정상은 아니잖니."

"쉿. 그런 말씀 마세요. 제가 바로잡으려고 노력하는 중이에요."

거실로 들어가니 엄마가 웃는 얼굴로 나를 보았다. 하얀색 식탁 보와 분홍색 냅킨이 깔린 식탁에 새우가 차려졌다. 내 컵에는 레모 네이드가, 엄마와 할머니 잔에는 화이트 와인이 채워졌다.

"여름에 먹는 새우가 최고지."

할머니는 접시에 기름진 새우를 쌓았다. 엄마와 할머니가 열심히 새우 껍질 벗기는 걸 보면서 어른들은 왜 저렇게 새우라면 사족을 못 쓰는지 의아했다. 둘은 빵 위에 새우를 높이 쌓고 소스를 올려서 한입 가득 넣고는 입가에 묻은 마요네즈를 닦았다. 새우 껍질이 점점 더 높이 쌓여 갔다. 새우를 좋아하는 건 정상일까? 엄마와 할머니는 정상일까? 열두 살 아이가 어떻게 하면 정상이고 비정상인지는 누가 정하는 걸까? 엄마는 무엇을 어떻게 바로잡겠다는 걸까?

엄마와 할머니에게 물어볼 수도 있었지만 그럴 기운이 없었다. 될 대로 되라고 내버려 두고 싶었다. 나는 새우 두 마리를 먹고 자러 갔다.

다음 날 아침 휴대폰 울리는 소리에 잠을 깼다. 창문으로 뜨거운 햇살이 꽂히고 있었다. 거실에서 커피 냄새가 났다. 어제 초인종이 울렸을 때처럼 다시 가슴이 뛰기 시작했다. 빌메르면 어쩌지? 바닥에 있는 휴대폰에 불이 들어왔다. 화면에 떠 있는 문자 메시지를 읽었다. 딱 한 문장이었다.

같이 해수욕장 갈래?

마틸데가 보낸 거였다. 나는 그 짧은 문자를 몇 번이고 되풀이해서 읽었다. 휴대폰이 무겁게 느껴졌다. 뭐라고 답해야 하나. 몇 주 전이라면 마틸데에게 문자를 받았다는 사실만으로도 기뻐서 팔짝팔짝 뛰었겠지. 내가 '그 아이들과' 해수욕장에 갈 수 있다는 사실만으로도.

생일 선물 때문에 단단히 화가 났던 마틸데는 이제 마음이 풀렸나 보다. 레이네와 이야기하다 내가 원래는 착한 아이고 자기들 무리에 받아들일 수 있다고 결론을 내렸을 수도 있겠지.

학교 운동장에서 마틸데 그룹과 어울리는 모습을 상상해 보았다. 7학년 학생 그룹 중에서도 가장 중요한 그룹에 내가 있다면? 물론 그 그룹에서도 가장 중요한 사람은 마틸데다. 언젠가는 그게 내가 될지도 모른다. 나는 나를 끌어내릴 친구가 아니라 끌어올려 줄 친구가 필요하다. 아니면 그냥 친구라도 있어야 했다.

메시지 창을 열고 적기 시작했다. '좋아'라고 썼다가 지워 버렸다. '언제?'라고 썼다가 다시 지웠다. '우리 둘만?' 이것도 지웠다. 그냥 '그래'라고 써서 보내려는데 다시 문자가 왔다.

우리는 11시부터 있을 거야.

수영복이 남쪽에 있어서 이제는 작아진 옛날 비키니 수영복을 입어야 했다. 꼭 햇볕에 태우지는 않아도 된다고 생각하며 커튼을 젖혔다. 밖은 30도는 될 것 같았다.

엄마는 식탁에 앉아 아침을 먹고 있었다.

"해수욕장에 갈 거야."

엄마 눈이 동그래졌다.

"걱정하지 마. 이번에는 진짜야. 지난번에 우리 집에 왔던 마틸데와 레이네랑 가기로 했어."

그제야 마르쿠스 생각이 났다. 마르쿠스도 올까? 다른 애들도 올까? 애들은 보통 해수욕장에 몇 명씩 다니는 걸까? 어떤 옷을 입고 오고 무슨 이야기를 할까? 마틸데와 레이네는 다른 애들에게 내가 거짓말했다고 이야기했을까? 남쪽에 대해서, 빌메르에 대해서 이야기했을까? 아주 익숙한 두려움이 고개를 들었다.

그냥 할머니 댁에 가는 편이 좋을 것 같았다. 하지만 엄마가 흐뭇하게 웃고 있었다. 빨간 여름 원피스를 입고 활기찬 모습으로 웃고 있었다. 엄마가 활짝 웃는 모습을 보니 너무나 행복했다.

"재미있게 놀다 와."

엄마는 커피를 비우고 내게 손을 흔들었다.

아이들은 풀밭에 앉아 있었다. 마틸데는 그을린 피부에 흰색 비키니를 입고 커다란 선글라스를 쓰고 있었다. 레이네는 헝클어진 머리를 높이 올려 묶고 빨간색 비키니를 입었다. 좀 떨어진 자리에 남자애들이 있었다. 그 애들 중 몇 명은 나도 본 적이 있었다. 중학교 다니는 애들이었다. 마틸데가 레이네 귀에 뭐라고 속삭이고는 내게 손짓을 했다.

"안녕!"

둘은 입을 모아 말하고 둘끼리만 시선을 주고받았다. 나와는 짧고 조심스럽게 포옹했다.

내가 뭔가를 방해한 듯한 분위기였다. 내가 오기 전에 둘이 비밀 이야기를 하고 있었던 것 같았다. 마틸데가 옆으로 움직여 매트에 앉을 수 있는 자리를 만들어 주었다.

해수욕장에서 마틸데, 레이네와 함께 앉아 있는 건 근사했다. 중학생 남자애들이 나를 쳐다보는 시선을 느끼는 것도 좋았다. 쟤들은 지금까지는 나라는 애가 있는 줄도 몰랐을 거다. 하지만 지금은 내가 여기 매트에 앉아 있다는 이유만으로 나를 보고 있다.

"잘 지냈어?"

마틸데가 물었다. 나는 다시는 거짓말하지 않겠다고 약속하긴 했지만 고개를 끄덕였다.

레이네와 마틸데는 아무 말 없이 웃기만 했다. 마틸데가 시나몬 롤을 먹겠냐고 물었다.

나는 또 고개를 끄덕였다. 우리 셋은 맛있게 시나몬 롤을 먹고 누워서 일광욕을 했다.

"저기 마르쿠스 온다."

잠시 후 레이네가 말했다.

돌아보니 흰색 반바지와 짙은 파란색 티셔츠를 입은 마르쿠스가 우리 쪽으로 어슬렁어슬렁 걸어오고 있었다. 이제 마르쿠스가 가까이 다가오면 늘 그랬듯 심장이 요동치기 시작하겠지.

"얘들아, 안녕."

마르쿠스가 미소를 지었다.

마르쿠스는 배낭을 내려놓고 우리 매트에 앉았다. 바로 내 옆에. 마르쿠스에게선 늘 그렇듯 선크림과 세제 냄새가 났다. 방학 전보다 머리가 길고 피부는 더 그을려 있었다. 그러나 이젠 그 애 팔이 내 허벅지에 닿아도 가슴이 뛰지 않았다.

마르쿠스는 하늘을 보고 누웠다. 내 옆에 바싹 붙어 있었다. 내가 어쩌다가 이 그룹에 끼게 된 걸까. 믿을 수가 없었다. 마르쿠스나 반에서 가장 인기 있는 애들과 한 매트에 앉아 있다니. 우리는 곧 7학년이 될 테고 나는 7학년에서 화제의 중심이 되겠지. 이쯤 되면 기뻐서 펄쩍펄쩍 뛰어야 하는 게 아닐까?

"남쪽은 좋았어?"

마르쿠스가 나를 보고 웃었다.

다들 웃고 있다.

"그래."

내가 말했다.

진실만을 말하기로 약속했으니까.

"잘됐네."

마르쿠스가 마틸데와 레이네를 보고 웃었다.

"우리가 마르쿠스한테 말했어. 괜찮지?"

레이네가 말했다.

"그 뒤로 빌메르 만났어?"

마틸데가 물었다.

애들과 빌메르 이야기를 하고 싶진 않았다.

"아니."

짧게 대답했다.

"걔는 아직도 남쪽에 있나 보지."

마르쿠스는 '남쪽'이라는 말에 힘을 줬다.

"방학 끝나고 여름 휴가 이야기 발표할 때 뭐라고 할지 궁금하
다."

다들 또 웃었다. 해는 옅은 구름 뒤로 들어갔다.

"지금 정확히 어떤 상황이야? 니네 둘은 친구야?"

마틸데가 일어나 앉으면서 물었다.

"우리한테 솔직히 말해야 해. 걔랑 노는 게 좋았어?"

진실을 말하기로 한 약속은 지킬 수가 없었다. 거짓말을 하지 않
으면 눈물이 터질 것만 같았다. 여기서 운다면 쟤들은 나를 루저라
고 생각하겠지. 루저가 되면 개학했을 때 어떤 그룹에도 들어가지
못할 거다. 적어도 멋진 애들이 있는 그룹엔 못 끼겠지.

나는 고개를 저으며 히죽 웃었다. 그것만으로도 빌메르와 노는
게 얼마나 유치하고 바보 같았는지 충분히 전달할 수 있었다. 내
입으로 말할 필요도 없었다.

그러자 애들도 웃었다.

우리는 웃었다.

마틸데와 레이네가 서로 의미심장하게 쳐다보았다.

"왜냐하면 이제 우리는 너와 친하게 지내려고 노력하고 있거든.
우리는 절대로 빌메르와는 얽히고 싶지 않기 때문에 미리 확실히

해두려는 거야.”

나는 아랫입술을 깨물며 고개를 끄덕였다.

“좋아. 너한테 잘해 주겠다고 네 엄마한테 약속했거든.”

나는 마틸데를 쳐다봤다.

“우리 엄마한테?”

나는 멍하니 물었다.

“응. 니네 엄마는 네가 현실 친구를 사귀기를 바라셔.”

레이네가 거들었다.

“니네 엄마가 나한테 문자를 보냈더라. 너하고 같이 다녀 달라고 부탁하셨어.”

마틸데는 선글라스를 머리 위로 올렸다. 입을 실룩거리며 웃음을 참고 있었다.

제가 바로잡으려고 노력하는 중이에요.

엄마가 할머니한테 그렇게 말했지. 나는 그저 얘들이 나를 초대했을 뿐이라고 생각했다. 그저 나랑 해수욕장에 가고 싶었던 거라고 생각하다니.

“빌메르 이야기 좀 더 해 봐. 그 자식이 그렇게 루저라면서?”

마르쿠스가 말했다.

셋은 기대에 차서 나를 쳐다봤다. 마틸데와 레이네가 남쪽 나라에 왔을 때와 똑같았다. 둘은 부추겼고 나는 빌메르와의 약속을 깼다.

나는 입을 벌리고 앉아 있는 마르쿠스를, 웃으며 꼭 붙어 있는 마틸데와 레이네를 쳐다봤다. 모든 게 분명해졌다. 모든 게. 어떤 친구가 나를 끌어올려 주고 어떤 친구가 나를 끌어내리는지 분명했다.

"아니."

나는 큰 소리로 대답했다.

지금 생각할 수 있는 최고의 대답이었다. 그 말밖엔 해 줄 말이 없었다.

나는 일어나서 가방을 챙겨 그 자리를 떠나 버렸다.

열른 집에 가고 싶었다. 있는 힘껏 페달을 밟아 언덕을 올랐다. 뒤뜰에 도착하자마자 자전거에서 뛰어내리고 헬멧을 벗었다. 그때 누군가 부르는 소리가 들렸다.

"푸글레상! 푸글레상이었어!"

누군가가 나를 향해 외쳤다.

돌아보니 그레테 할머니가 급하게 이쪽으로 오고 있었다.

"그 여자 성이 푸글레상이었다고. 이제 기억나."

할머니는 흥분해서 손을 흔들었다. 곧 숨을 헐떡이며 내 앞에 섰다.

"그 미녀 이름이 뭐였는지 기억해 내려고 머리를 쥐어짰어. 안톤 베른첸의 약혼녀 말이야. 너랑 네 친구, 그 착한 친구가 우리 집에 와서 옛날 일을 이야기했잖아."

말이 나오질 않았다. 내 착한 친구와 찾아갔던 일이 아주 오래전에 있었던 옛날이야기처럼 느껴졌다.

"드디어 생각이 났어. 프리다 푸글레상."

그레테 할머니는 흐뭇하게 그 이름을 읊조렸다.

"파리에서 꽤 유명해졌던 것 같아. 영화 배우였나, 뭐 그런 일을 했을 거야."

그레테 할머니는 내 대답을 기다리며 잠시 말을 멈췄다.

"너희가 몇 가지 물건을 발견했다고 그랬지? 안톤 집에 편지와 수첩과 옛날 사진이 있었다고."

할머니는 열심히 말을 이었다.

"푸글레상을 찾는 게 그리 어렵지 않을 거야."

그러면서 내 손에 쪽지를 한 장 쥐어 주었다.

"추억의 물건을 다시 찾게 되면 푸글레상이 몹시 좋아할 거야. 오래전 일이긴 하지만."

무슨 소리지?

"누구라도 자신에 대해 쓴 시를 받게 되면 정말 기쁘지 않겠니?"

그레테 할머니는 말을 마치고 H동 쪽으로 갔다.

"그 착한 친구와 같이 가렴!"

할머니는 건조대 앞을 지나가다 생각난 듯 소리쳤다.

쪽지를 폈다. 프리다 푸글레상이라는 이름 아래 이렇게 써 있었다.

솔방투네 노인 센터.

그러니까 프리다가 파리에 있지 않다는 말이었다!

빌메르와 함께라면. 둘이 함께 자전거를 타고 출발할 수 있다면. 빌메르는 앞서가고 나는 뒤에서 달리고. 오래된 사랑 이야기를 이루어 주기 위해 함께 거리를 달릴 수 있다면. 빌메르는 약혼반지를 끼고 나는 자전거 가방에 편지와 시 수첩을 넣고. 둘이 함께 갈 수만 있다면…….

하지만 나 혼자다. 나 혼자서 사랑 이야기를 마무리해야 한다. 오래된 사랑과 새로운 사랑 이야기를 마무리하러 혼자 달려가고 있었다.

솔방투네 노인 센터 앞에 자전거를 세웠다. 휠체어를 탄 남자 둘이서 담배를 피우며 심각한 표정으로 나를 쳐다봤다.

입구 안쪽에서는 점심밥을 준비하는지 음식 냄새가 났다. 무언가를 굽는 냄새였다. 거주자 이름을 적어 놓은 표를 재빨리 훑어보았다. 가슴이 뛰기 시작했다. '프리다 푸글레상'이라는 이름 옆에 숫자가 적혀 있었다. 515.

밝은 녹색의 긴 복도를 따라갔다. 문들이 이어졌다. 501호, 503호.

갑자기 파란 유니폼을 입은 어떤 여자와 마주쳤다.

"어디 가는 거니?"

그 여자가 딱딱한 목소리로 물었다.

대답이 바로 나오지 않았다. 빌메르를 생각했다. 이럴 때 빌메르라면 뭐라고 대답했을까.

유니폼을 입은 여자가 얼굴을 찌푸렸다. 가슴에 달린 이름표에는 벤케라고 써 있었다.

"프리다 푸글레상 씨한테요."

나는 우물거렸다.

"프리다 푸글레상 씨? 프리다를 찾아오는 손님은 거의 없었는데. 프리다와 어떤 사이인지 물어봐도 될까?"

여자는 나를 의심쩍은 눈으로 훑어보았다.

"친구예요."

나는 515호를 힐긋 보면서 떠오르는 대로 말했다.

"네가?"

벤케가 말했다.

열두 살짜리가 갑자기 프리다 푸글레상 친구라며 나타나면 의심스럽기는 하겠지. 그동안 손님이라곤 없었다니까.

"정확히는 저희 할머니 친구세요."

나는 이렇게 덧붙이며 최대한 다정하게 웃어 보였다.

"예전에도 만나 뵌 적이 있니?"

아직 인상을 펴지 않은 채 벤케가 물었다.

"그럼요."

재빨리 대답했다.

벤케는 내 말을 그리 믿는 것 같지는 않았다.

"프리다는 방에 있어. 하지만 아마 오래 이야기를 나눌 수는 없을 거야."

하얗고 조용한 방이었다. 방 한가운데에 커다란 침대가 있고, 침대 위에는 두꺼운 이불 뭉치와 분홍색 담요가 있었다. 창가에는 회색 안락의자가 두 개 놓여 있었다. 커튼은 내려져 있고 벽에는 그림 한 장 걸려 있지 않았다.

나는 어쩔 줄 몰라 주변을 둘러보았다. 프리다는 어디 있지? 욕실 문이 열려 있었지만 변기나 샤워기 앞에는 아무도 없었다.

갑자기 침대 쪽에서 기침 소리가 들렸다. 분홍색 담요 아래 있는 건 이불이 아니었다. 사람, 바로 프리다였다. 나는 숨을 멈췄다. 대체 나는 무슨 생각으로 처음 만나는 사람 방에 몰래 들어온 걸까. 분홍색 이불을 덮고 기침을 하고 있는 저 사람에게 옛날 애인이 보낸 연애편지와 형편없는 시가 담긴 수첩을 전해 주려고?

프리다 푸글레상이 침대에서 일어났다. 짧고 짙은 갈색 머리를 한 프라다는 기품 있어 보였다. 작은 얼굴에 커다란 갈색 눈은 호기심 많은 강아지 같은 인상을 풍겼다. 예전에 파리에서 모델을 했던 사람이라고는 생각하기 어려웠다. 하지만 뺨에 있는 점을 보니 맞는 것 같았다. 사진 속 여자와 어딘지 닮아 있었다.

"무슨 일이지?"

프리다 푸글레상이 가늘고 갈라진 목소리로 물었다.

이럴 때 빌메르가 있었다면. 하지만 나는 혼자였다. 목을 가다듬었지만 기어드는 소리가 나왔다.

"프리다 푸글레상 씨를 뵈러 왔어요."

여자는 눈을 치켜떴다.

"내가 프리다 푸글레상인데."

나는 고개를 끄덕이고 바로 본론으로 들어갔다.

"안톤 베른첸 씨를 아시는지 물어보려고 왔어요."

"안톤 베른첸?"

프리다는 놀라서 내 말을 되풀이했다.

"안톤 베른첸을 아느냐고?"

"그분은 오래전에 틸레바켄 협동주택에서 관리인으로 일하셨어요."

안톤이라는 이름이 큰 충격을 준 것 같았다. 프리다는 입을 떡

벌리고 침대에 앉았다. 휘둥그레 놀란 눈으로. 담요 위에 놓인 손가락엔 반지가 없었다.

나는 봉투를 내밀었다.

"저희는, 빌메르라는 친구와 저는 편지 한 통을 찾았어요. 프리다 푸글레상 씨께 보내려고 했던 건데 편지가 전달되지 않은 것 같아요."

프리다는 다시 입을 벌렸다.

편지를 건네주었다. 프리다 푸글레상은 편지를 꺼내 읽기 시작했다. 입은 다물고 눈은 글을 따라 움직였다. 입꼬리가 위로 올라갔다. 프리다가 웃고 있었다.

"내가 지금 꿈을 꾸고 있는 건가."

"안톤 베른첸 씨를 기억하시죠?"

나는 조바심이 났다.

"기억하냐고? 나는 평생 안톤 베른첸을 생각해 왔단다."

우리는 마주 보며 웃었다.

빌메르가 보고 싶었다. 몹시 보고 싶었다.

"안톤 씨도 늘 할머니를 생각하고 있었어요."

나는 시가 적힌 빨간색 작은 수첩을 건네줬다.

프리다 푸글레상은 나를 잠시 불안하게 쳐다보더니 조심스럽게 수첩을 펼쳐 넘기기 시작했다. 프리다는 시를 읽으며 웃음을 터트리다 눈물을 닦았다.

"안톤이 이렇게 시를 잘 쓸 줄이야. 나를 감자 스튜에 비유하다니!"

프리다의 왼쪽 눈에서 눈물이 솟아나와 볼을 타고 흘러내렸다.

"지금까지 이런 말을 해 준 사람은 아무도 없었어."

나는 기뻐서 웃었다. 마침내 안톤이 명예를 회복한 것이다.

"도대체 어디서 이걸 찾았니?"

프리다가 들뜬 표정으로 물었다.

빌메르. 나는 빌메르에 대해 이야기했다. 프리다와 오래전부터 알고 지낸 사이라도 되는 것처럼, 오래된 친구에게 하듯 모두 털어놓았다. 빌메르가 예전 관리인의 집을 발견했다고 이야기했다. 처음에는 어떤 상태였는지, 안톤이 집에 뭘 남겨 놓았는지 이야기했다. 내가 남쪽에 간다고 거짓말한 것도 모두 이야기했다. 지하실을 어떻게 남쪽 파라다이스로 만들었는지도.

프리다 푸글레상은 사려 깊은 표정으로 듣고 있었다.

"안톤 베른첸은, 말하자면 조건으로는 나보다 많이 부족한 사람이었어. 고작 관리인이었으니까. 우리 부모님은 항상 그렇게 말씀하셨어. 부모님은 내가 좀 더 조건이 좋은 사람과 결혼하기를 바랐지."

프리다는 한숨을 쉬었다.

"나중엔 나 스스로도 그렇게 생각하게 됐지. 너무 줏대가 없었어. 다른 사람들이 어떻게 생각하는지 신경 쓰다가 내가 뭘 원하는지 완전히 잊어버린 거야."

프리다가 나를 쳐다보았다.

"그러다 파리에서 일할 기회가 생겼고 모두가 나한테 무조건 가라고 했어. 안톤과 관리실에 갇혀 살지 말라고."

프리다는 살짝 웃었다.

"내가 떠난다고 했을 때 안톤은 몹시 슬퍼했어. 다시는 내 얼굴을 보고 싶지 않다고 했어. 정말 두 번 다시 나와 만나고 싶지 않은 것처럼 보였지. 그래서 다시 안톤에게 연락할 엄두를 내지 못했어. 나는 세상에서 가장 나쁜 사람이 된 기분이었어."

프리다는 잠시 말을 멈췄다. 손은 자신도 모르게 수첩을 쓰다듬고 있었다.

"안톤이 평생을 튈레바켄에 틀어박혀 나에 대한 시를 쓰고 있을 줄은 상상도 못 했어. 알았다면 그 집에 다시 돌아갔을 텐데."

갑자기 반지 생각이 났다. 빌메르가 끼고 다녔고 지금은 내가 끼고 있는 반지.

"이 반지를 다시 가져가지 않으실래요?"

프리다의 눈이 휘둥그레졌다. 반지를 받아든 프리다는 거기 새겨진 글자를 읽었다. 너의 안톤.

"안톤 반지는 못 찾았니? 너의 프리다라고 새겨져 있을 거야. 우리는 그 반지를 그의 집에 놓아두었어."

"계속 끼고 있었던 건 아닐까요?

"그랬나 보다."

210

프리다는 생각에 잠겨 중얼거렸다.

　내 휴대폰에 있는 사진들을 프리다에게 보여 주었다. 남쪽을 찍은 사진들. 프리다는 한숨을 쉬기도 하고 웃기도 했다. 빌메르와 내가 함께 찍은 사진을 볼 때는 가슴이 찌르는 듯 아팠다. 우리는 노을을 배경으로 빨간 소파 위에 앉아 있었다. 빌메르는 내 어깨에 팔을 두르고 있었다. 우리는 얼굴이 한 화면에 잡히도록 바싹 붙어 있었다.

　갑자기 문이 열렸다. 파란 유니폼을 입은 벤케가 방을 들여다봤다.

　"이제 피곤하시죠, 그렇죠?"

　두 살짜리 아이한테 묻는 말투였다.

　"이 아이를 내보낼까요?"

　프리다 푸글레상이 짜증스럽게 손을 내저었다.

　"말도 안 돼요! 오랜만에 귀한 손님이 오셨는데."

　"오랫동안 손님이 한 번도 안 오셨죠."

　벤케가 바로잡았다.

　"나도 알아요. 어쨌든 이렇게 왔잖아요."

　프리다가 벤케를 쏘아보았다.

　"그리고 곧 다른 손님도 올 거예요. 친구 이름이 뭐라고?"

　"빌메르요."

　빌메르 이름을 입에 올리기만 해도 가슴이 따뜻해졌다.

눈시울이 뜨거워졌다. 울지 않으려고 얼른 고개를 떨구었다.

벤케가 문을 닫고 나가자 방은 다시 조용해졌다. 프리다가 나를 보는 시선이 느껴졌다.

"아주 특별한 친구인가 보구나. 그렇지?"

프리다가 부드럽게 물었다.

나는 눈을 깜빡이며 눈물을 털어냈다. 프리다가 한숨 쉬는 소리가 들렸다.

"빌메르를 사랑하는구나."

"사랑요?"

나는 고개를 들고 프리다를 보았다.

프리다는 진지한 표정이었다. 우리는 오늘 처음 만났지만 프리다는 나를 너무나 잘 알고 있는 것 같았다. 모든 걸 이해하고 있는 것 같았다.

"빌메르는 왜 오늘 함께 오지 않았니?"

프리다 푸글레상은 베개로 등을 받치고 기댔다.

낯선 사람에게 처음으로 내 마음을 모두 털어놓았다. 빌메르에 대해서 이야기했다. 함께 있으면 얼마나 즐거운지, 바보 같은 티셔츠를 입고 있는데도 얼마나 귀여운지 이야기했다.

"빌메르는 그냥 방학 친구가 아니었어요."

이제 낯선 사람 앞에서 우는 것도 아무렇지 않았다.

나는 프리다에게 낱낱이 이야기했다. 빌메르는 레인지 뒤에 쪼

212

그리고 앉아서 내 말을 모두 들었다. 나는 너무나 비열했다. 이제 빌메르 방은 늘 불이 꺼져 있다. 모든 것이 캄캄하기만 하다.

프리다 푸글레상은 손수건을 건네고 나서 나를 찬찬히 바라보았다.

"미안하다고 해야 해."

"사과하라고요? 그런다고 뭐가 달라지나요?"

"아니야. 해야 해. 미안하다고 사과하는 것과 안 하는 건 천지 차이란다."

프리다가 나를 보며 웃었다.

"나만 해도 안톤에게 사과하지 않은 걸 평생 후회했어. 안톤에게 너무 큰 상처를 줘서 죽을 때까지 그를 불행하게 한 거잖니."

프리다가 불쑥 내 손을 잡았다.

"너한테는 아직 기회가 있잖니. 사과할 기회."

내 손을 꼭 잡은 채 따뜻하게 웃었다.

"그 기회를 놓치면 안 돼. 내 말을 믿고 해 보렴. 사과해야 해. 그 것도 빨리. 너무 늦기 전에."

집에 오는 길에 천둥이 치기 시작했다. 하늘이 캄캄해지고 무시무시한 굉음이 울렸다. 천둥이 치고 스물둘까지 세기도 전에 번개가 번쩍였다. 빌메르가 여기 있었다면 이렇게 무섭지는 않았겠지. 빨간 파라솔, 맞잡은 손, 사랑스러운 눈. 빌메르가 생각났다. 나는 천둥소리를 듣지 않으려고 집에 오는 동안 빌메르 이름을 계속 큰 소리로 계속 불렀다.

사과해야 해. 어떻게 사과하면 좋지?

개학까지 8일 남았다. 192시간이다.

나한테는 아직 1만 1,500초가 있다.

할 일 목록을 만들었다. 빌메르와 남쪽을 만들 때 그랬던 것처럼. 오랫동안 생각한 끝에 무엇부터 할지 정했다. 뒤뜰을 지나 남쪽으로 갔다. 빨간 소파에 빌메르는 없겠지만 남쪽에 간다고 생각하니 좋았다.

딸깍 소리를 내며 자물쇠가 열렸다. 지하실 공기는 답답했다. 여전히 엉망진창이었다. 그 끔찍했던 날 이후 빌메르는 여기 한 번도 오지 않은 거다.

나는 삽으로 모래를 떠서 원래 있던 자리로 모았다. 양동이를 들고 뒤뜰로 가서 모래를 더 가져왔다. 늘 싸우는 그 부부는 모래 놀이터 바로 옆에 있었다. 모래 위에 앉아서 양동이를 채우기 시작했다. 부부가 나를 이상하게 쳐다봤지만 신경 쓰지 않았다. 그들을 지나쳐서 다시 남쪽으로 왔다. 해변에 모래를 부었다. 웃음이 나왔다.

선라이트 타베르나를 청소했다. 깨진 잔들은 버리고 베이컨 기름과 노란색 계란 프라이 찌꺼기가 말라붙어 있는 접시를 씻었다. 빈 피자 상자들을 버리고 식탁보를 털었다. 촛대에는 새 강림절 초를 꽂았다.

파라다이스 스파를 정리했다. 세면대에 있던 미용 용품들을 제자리에 놓고 엄마의 가운을 고리에 걸고 거울을 닦았다. 풋크림 뚜껑을 열고 향을 맡아 보았다. 빌메르 목소리가 들리는 것 같았다.

힘 빼세요. 릴렉스, 릴렉스.

헬로 키티 수영장을 닦고 수영장 주변을 정리했다. 수건과 수영복은 원래 자리에 두었다. 수영장 바에는 깨끗한 유리잔 두 개를 놓고 분홍색 빨대로 장식했다.

간판은 떼어 버렸다. 선라이트 타베르나 식당 냉장고에 피자가 남아 있었다. 상자만 꺼내고 피자는 냉장고에 다시 넣어 두었다.

차가운 상자를 집어 들고 가위를 찾았다. 안톤의 공구 상자에 있었다. 상자를 동그랗게 오리는데 안톤과의 사랑을 평생 간직해 왔다는 프리다가 생각났다. 빨간 글씨로 남쪽에 오신 것을 환영합니다라고 크게 써서 문 앞에 걸었다. 곰곰이 생각하다가 덧붙였다.

빌메르와 이나의 파라다이스.

아주 멋져 보였다.

안톤의 서랍에서 테이프를 찾았다. 테이프로 찢어진 벽지를 벽에 붙였다. 그러고 나니 해변의 야자수는 예전처럼 보였다. 노을을 붙이는 데는 시간이 많이 걸렸다.

끝으로 못에 줄전구를 다시 걸었다. 여전히 불이 들어왔다. 노랑, 초록, 파랑. 남쪽은 다시 빛나고 있었다. 나는 빨간 소파에 앉아 흐뭇하게 우리의 파라다이스를 둘러보았다.

해가 점점 짧아지고 있다. 8월의 저녁 공기는 시원하고 맑았다. 나는 한참을 F동 앞에 서 있다가 심호흡을 한 다음 고개를 쭉 빼고 3층 창문을 올려다봤다. 오늘 저녁 빌메르 방 창문에는 희미한 불빛이 어른거리고 있었다. 빌메르가 컴퓨터 앞에 앉아 있는 것 같았다. 나는 등 뒤에서 손가락을 꼬아 행운이 따르기를 빌고 F동 초인종으로 갔다. 빌메르와 토뮈라는 명패가 있었다. 파란 볼펜으로 쓴 크고 살짝 기울어진 글씨였다. 초인종 위에 집게손가락을 가만히 댔다. 목을 가다듬었다. 인터폰으로 말하게 될지도 모르니까.

그런 다음 벨을 힘껏 눌렀다. 세 번 눌렀다. 내 몸의 모든 세포가 서로 싸우는 것처럼 몸이 뻣뻣하게 굳었다.

아무도 대답하지 않았다.

다시 눌렀다. 이번엔 네 번 눌렀다. 짧고 조심스럽게.

몇 초가 흐르는지 세어 보았다. 스물하나, 스물둘. 천둥이 치고 나서 번개가 칠 때까지 몇 초였더라. 스물아홉. 아무도 대답하지 않았다.

뒤뜰로 가려고 계단을 내려갔다. 마지막으로 한 번 더 빌메르 방 창문을 볼 셈이었다. 그때 소리가 들렸다.

"누구세요?"

나는 초인종으로 달려갔다.

"여보세요?"

그 애 목소리였다. 빌메르였다. 너무 기뻐서 숨이 막힐 것 같았다.

"안녕. 나야, 이나야. 안녕!"

인터폰에 대고 말했다.

빌메르는 아무 말도 하지 않았다. 하지만 숨소리를 들을 수 있었다.

"보여 주고 싶은 게 있어."

답이 없었다. 빌메르가 인터폰을 끊어 버렸다. 점점 더 숨이 막힐 것 같았다. 나는 뒤뜰로 갔다. 고개를 쭉 빼고 빌메르 방 창문을 보았다. 빌메르는 불을 꺼 버렸다. 이제 창문은 새까만 사각형이 됐다. 저 사각형 뒤 어둠 속에 숨어서 나를 내려다보고 있을까. 조심스럽게 손을 들었다. 빌메르가 나를 보고 있을지도 모르니까. 허리를 굽혀 땅에서 돌멩이 몇 개를 주웠다. 빌메르 방 창문을 향해 할 수 있는 한 높이 던졌다. 돌은 3층까지 닿지 못했다. 나는 빌메르처럼 잘 던지지 못했다. 중력의 법칙에 의해 돌은 돌아와 내 머리 위에 떨어졌다. 다시 던졌다. 다시 또 다시. 모두 헛수고였다.

빌메르 방 창문은 여전히 깜깜했다. 나는 집으로 갔다.

개학까지 앞으로 120시간. 우편함에 편지를 넣었다.

'빌메르와 토뮈의 우편함'이라고 쓰인 곳에 빌메르에게라고 적은 봉투를 넣었다.

어제 종일 방에 틀어박혀 쓴 편지다. 수십 장은 썼을 거다. 손가락이 펴지지 않을 때까지 쓰고 찢고 버렸다.

툭. 편지가 우편함에 착륙하는 소리가 들렸다. 하고 싶은 말이 수백, 수천 가지였지만 결국 편지에는 다섯 글자만 썼다.

정말 미안해.

개학까지 앞으로 4일.

뒤뜰 아스팔트에 빗방울이 떨어지고 있었다. 내 방 창가에 서서 창문을 활짝 열었다. 축축한 공기에 몸이 떨렸다. 그래도 나는 건너편 빌메르 방 창문을 바라보며 꼼짝도 하지 않고 서 있었다. 빌메르 방 창문에 불이 켜졌기 때문이다. 빌메르 머리가 보였다. 계속 기다렸다.

갑자기 빌메르 얼굴이 나타났다. 곱슬머리와 비스듬한 앞니도. 사실 여기서는 앞니가 보이지 않지만 나는 저 굳게 다문 입 속에 뭐가 들어 있는지 훤히 알고 있다. 빌메르는 창가에 서 있었다. 동상처럼 꼼짝도 하지 않았다. 귓가에 내 심장 뛰는 소리가 들렸다. 빌메르가 나를 보고 있다. 나도 빌메르를 보고 있다.

나는 교차로에 서 있는 교통경찰처럼 왼손을 들어 올렸다. 지난번에 우리가 했던 것처럼. 하지만 이번에는 빌메르는 꼼짝도 하지 않았다.

침대 옆에 있는 휴대폰을 집었다. 문자를 보내면서도 시선은 계속 빌메르를 향했다. 보내기 버튼을 눌렀다.

미안해.

처음에 빌메르는 얼어붙은 듯 서 있었다. 그러다가 문자를 읽는 게 보였다. 빌메르는 잠시 허공을 올려다보더니 나를 보았다. 무슨 말을 할지 생각하는 것 같았다. 이런 한심한 사과로는 턱도 없을 것 같았다.

나는 세상에서 가장 나쁜 인간이야.

다시 썼다.

우리의 남쪽 협정을 깰 생각은 아니었어. 제발, 나를 용서해 줘.

내 메시지가 뒤뜰을 가로질러 화살처럼 빌메르에게 날아갔다. 하지만 어딘가에서 강력한 방어막에 부딪혀 땅에 떨어지고 만다. 빌메르는 휴대폰을 쳐다보지도 않고 서 있다. 나는 행운이 필요할 때면 늘 하던 버릇대로 필사적으로 손가락을 꼬았다. 내 휴대폰이 울리기를 기다리고 또 기다렸다.

빌메르가 휴대폰을 들었다. 내게 문자를 보내려는 걸까? 가슴이 쿵쾅거렸다. 무언가 적고 있나? '좋아'라고 쓰는 거라면 저렇게 오래 쓸 리가 없다.

그 잘난 애들이 너랑 안 논대?

나는 이 짧은 문장을 한참 들여다봤다.

휴대폰이 다시 울렸다.

아직도 방학 친구가 필요해?

빌메르는 꼼짝도 않고 내 쪽을 보고 있었다.

걔네들은 상관없어.

나는 이렇게 쓰고 빌메르를 보았다.

나한테는 너만 중요해.

빌메르는 문자를 읽었다. 그러고는 갑자기 창문에서 사라져 버렸다. 빌메르 방 불이 꺼졌다.

개학까지 앞으로 이틀. 교육을 마치고 집에 온 엄마가 현관에서부터 나를 불렀다. 엄마는 요즘 완전히 다른 사람이 된 것 같았다. 머리를 짧게 자르고 입술은 빨갛게 칠했다. 새로 산 흰색 바지를 입고 커다란 금색 귀걸이를 하고 있었다.

"예쁘게 차려 입고 나가자! 어디로 가는지는 비밀!"

엄마는 신이 났다.

틸레바퀴 표지판 앞에 택시가 기다리고 있었다. 엄마는 정말 비밀을 감춘 사람처럼 웃었다.

택시는 도시 반대편으로 갔다.

"여기 세워 주세요."

잠시 후 엄마가 택시 기사에게 차를 세워 달라고 말하고 금색 지

갑을 꺼냈다.

어떤 레스토랑 앞이었다. 창문에 아름다운 불빛이 빛나고 있었다.

"딸, 오늘 우리 멋진 저녁 시간을 보내자."

엄마는 식당 안쪽으로 나를 데려갔다.

우리는 창가에 자리를 잡았다. 세 가지 코스 요리를 주문했고 엄마는 와인을 마셨다.

"좋은 소식이 있어."

엄마는 전혀 피곤해 보이지 않았다. 엄마의 눈은 크고 빛났다. 활짝 웃고 있는 입 속으로 이빨에 립스틱이 살짝 묻어 있는 게 보였다.

"일을 구했어."

엄마는 기대하는 표정으로 나를 쳐다보았다. 나는 웃었다.

"꽃가게에서 일할 거야. 엄마는 항상 꽃과 식물을 좋아했거든."

문득 우리 집 거실 창가에서 누렇게 말라죽은 꽃들이 생각났다. 늘 비어 있던 꽃병도 생각났다.

"이제 우리 집은 완전히 달라질 거야."

엄마가 잔을 들어 올리며 말했다.

"아마 남쪽 휴가도 갈 수 있을 거야."

헛기침을 하고 덧붙였다.

"그러니까 진짜 남쪽 말이야."

"블루 라군 딜럭스로?"

내가 물었다.

우리는 웃었다.

"그런 곳에 가자."

엄마가 말했다.

나는 엄마에게 돈을 좀 빌려 줄 수 있냐고 물었다.

"그럼. 돈 쓸 일이 생겼니?"

나는 고개를 끄덕였다.

"사과해야 해서. 빌메르한테."

엄마는 코끝에 초콜릿 무스 크림을 묻힌 채로 웃었다.

"잊지 마. 똑똑한 아이는 무슨 일이든 다 잘 해내는 법이란 걸."

개학까지 앞으로 15시간. 나는 새 티셔츠를 입고 거울 앞에 서 있다. 티셔츠에 글씨를 프린트해 주는 가게에 왔다. 티셔츠에 새길 문구를 내미니 처음엔 날 좀 이상하게 보는 것 같았다. 어쨌든 몇 시간 뒤 티셔츠가 완성됐다. 엄마한테 받은 돈을 냈다.

밝은 노란색 면 티셔츠 속에서 심장이 쿵쾅거렸다. 나는 길 잃은 부활절 병아리 같았다.

먹을 걸 사느라 또 300크로네가 넘게 들었다. 빌메르가 좋아하는 것들을 왕창 샀다. 콜라와 치즈칩, 스페셜 피자. 준비는 끝났다.

침대에 눕기 전 다시 빌메르 방을 보았다. 여전히 깜깜했다. 이불 속에서 눈을 크게 뜨고 내일을 생각했다. 새로운 시작일까. 아니면 모든 게 완전히 끝나는 날이 될까.

꿈에서 빨간 티셔츠를 입은 빌메르를 보았다. 남쪽의 노을처럼 빨간 티셔츠였다.

개학까지 12분.

학교 운동장 아스팔트가 달궈지고 있었다. 게양대에 깃발이 걸려 있었다. 늘 눈에 띄던 그 아이들이 벌써 모여 있었다. 마틸데와 레이네는 중학생들과 어울려 있었다. 마르쿠스와 몇몇 남자애들은 게양대 아래 벤치 옆에 서 있었다. 학교는 54일 전으로 돌아간 것만 같았다.

체육관에서 교실까지 318걸음. 나는 노란 티셔츠를 입고 마틸데와 레이네를 지나쳐 갔다. 웃는 소리가 들렸다. 마르쿠스가 나를 보고 있었다. 하지만 계속 걸었다. 현관으로 가서 계단을 올라 2층으로 갔다. 학교 운동장이 보이는 아주 평범한 노르웨이 학교 교실로 들어갔다. 빌메르는 없었다. 운동장에도 없었다. 여기에도 없었다. 30초 뒤 학교 종이 울릴 거다. 20초, 10초, 지금.

7학년 A반 첫날, 비디스 선생님이 교단에 섰다. 선생님은 녹색 치마와 꽃무늬 블라우스를 입고 머리는 어깨 위로 늘어뜨렸다. 입술은 분홍색으로 반짝였다. 햇볕에 타서 콧등이 벗겨져 있었다.

"7학년 첫날에 온 것을 환영한다."

선생님은 언제나처럼 기쁨에 겨워 팔을 벌리며 외쳤다.

숲속 오두막에서 푹 쉬었음이 틀림없다. 선생님은 숨도 쉬지 않고 속사포처럼 말하면서 행복한 암탉처럼 교실을 돌아다녔다.

"먼저 여름방학 꿈이 이루어졌는지 보자."

선생님은 수납장으로 가더니 바구니를 꺼내 꼭 끌어안고 와서 방학식 날 쓴 쪽지들을 나눠 주었다.

문 앞 책상은 아직도 비어 있었다. 내 자리에서 두 줄 떨어진 자리. 빌메르 자리. 빌메르가 오지 않으면 어쩌지? 전학이라도 갔다면? 사과할 기회조차 없다면?

책상에 내 쪽지가 놓였다. 펴 보았다. 이루어질 거라곤 기대도 안했던 나의 꿈 세 가지가 적혀 있었다.

휴가 가기, 남자 친구 사귀기, 키스하기.

"너희 꿈이 이뤄졌는지는 묻지 않을게."

비디스 선생님은 혼자 큰 소리로 웃었다. 혼자 웃기 대회가 열린다면 우리 선생님은 분명 노르웨이 국가대표가 될 거다.

그리고 올 것이 왔다. 드디어. 문이 열렸다. 빌메르가 문에 나타나 불안한 표정으로 교실을 들여다봤다. 곱슬머리는 꿈쩍도 하지 않았다. 굳게 입을 다물고 조금도 웃지 않았다.

"왔구나."

비디스 선생님이 교실 문으로 가서 빌메르를 안으로 데려왔다. 어른들이 데리고 다녀야 하는 두 살짜리 애도 아닌데.

"7학년 A반에 온 걸 진심으로 환영한다!"

뱃속에서 천둥과 번개가 치는 것 같았다. 빌메르! 다리가 후들거리고 심장과 가슴이 두근거렸다. 입이 마르고 피부가 따끔거렸다.

빌메르는 말없이 빈자리로 가서 의자를 뒤로 뺐다. 내겐 눈길도 주지 않았다. 내 티셔츠도 쳐다보지 않았다.

비디스 선생님은 안경다리를 입에 물고 여왕 같은 눈길로 교실을 둘러보았다. 그때 나는 시동을 걸었다. 계획을 실행에 옮길 시간이다.

"선생님! 선생님!"

나는 손을 높이 들었다.

"우리 돌아가면서 방학을 어떻게 보냈는지 이야기하면 어떨까요?"

속삭이는 소리가 교실에 번져 나갔다. 여럿이 웃었다. 내가 그룹 채팅방에 올린 사진이 가짜라는 걸 알고 있는 애들일 거다.

비디스 선생님이 놀란 눈으로 나를 쳐다봤다.

"음, 그래. 물론이지. 방학 이야기하는 것도 좋지."

선생님은 당황한 듯했다.

나는 이번에도 창가 맨 앞줄에 앉아 있는 투바부터 시작하자고 했다. 방학 전처럼 발표 순서가 정해지면 다들 알아서 이야기할 거다. 그러면 내가 생각했던 대로 일이 돌아가겠지.

투바는 이탈리아에서 환상적인 휴가를 보냈다. 투바 뒤에 앉은 테오도르는 크로아티아에서 즐거운 시간을 가졌다. 시멘은 플로리다에서 신기한 경험을 했고, 우나는 내년 여름 태국 여행을 기다리고 있지만 덴마크도 환상적인 여행시라고 생각한다.

나는 빌메르를 쳐다봤다. 빌메르의 등은 꼼짝도 하지 않았다. 내 끔찍한 말을 듣고 만 빌메르의 귀를 쳐다봤다. 지금은 마틸데가 포르투갈의 멋진 리조트에 대해 이야기하고 있다. 레이네는 파리에서 무얼 샀는지 하나하나 설명했다.

곧 내 차례. 나도 방학 이야기를 해야 한다. 나는 준비돼 있다.

마르쿠스는 쇠를란과 스페인 여행, 첼시 팀이 아깝게 진 경기에 대해 침을 튀기며 말했다. 마르쿠스 이야기는 지루했다. 재미가 없었다. 마르쿠스 말을 듣는 대신 나는 빌메르를 쳐다봤다. 빌메르의 곱슬머리를. 빌메르한테서 나던 냄새를 생각하며 미소를 지었다. 그러는 사이에도 율리는 키프로스와 프랑스를 비교하느라 오랜 시간을 보내고 있었다.

비디스 선생님이 안경을 쓰고 나를 보았다.

"이나, 네 차례야."

선생님은 불안한 표정이었다.

모두의 시선이 내게 쏠렸다. 거의 모두. 빌메르만 빼고. 빌메르는 여전히 꼼짝도 하지 않고 책상만 내려다보고 있었다.

누군가 킥킥 웃었다. 사실은 여럿이 웃고 있었다. 마틸데와 레이네가 반 아이들 모두에게 내가 거짓말했다고 이야기한 거다.

"여름에,"

나는 또박또박 큰 소리로 말을 시작했다. 다들 내 티셔츠에 쓰여진 글자를 읽을 수 있도록 가슴을 쫙 폈다.

"여름에 나는 남쪽에서 휴가를 보냈습니다."

웅성거리는 소리가 커졌다.

"이나는 지금 거짓말하고 있어요."

마틸데가 씩씩거리면서 레이네와 마르쿠스를 쳐다봤다.

"그리고 그것은 내 인생 최고의 휴가였습니다."

나는 계속했다.

"나는 몇 주 동안 남쪽 나라에서만 할 수 있는 일들을 했어요. 세상에서 가장 좋아하는 방학 친구와 함께했죠."

흰색 티셔츠를 입은 빌메르의 등을 보며 말했다. 빌메르가 갑자기 몸을 돌렸다. 곱슬머리가 움직였다. 빌메르가 눈을 크게 뜨고 나를 쳐다봤다.

레이네가 손을 들더니 선생님이 시키기도 전에 말했다.

"넌 거짓말밖엔 할 줄 모르니? 넌 여름 내내 바퀴 빌라에 있었잖아!"

레이네는 성난 얼굴로 나를 쏘아봤다. 다행히 나는 지금 학생 법정에 끌려온 피고가 아니므로 내 의견을 제대로 밝힐 수 있었다.

나는 벌떡 일어섰다. 마음이 아주 차분히 가라앉았다.

"나는 남쪽에서 휴가를 보냈어."

나는 어린애들한테 아주 어려운 걸 설명할 때처럼 레이네에게 다시 한번 또박또박 말해 주었다.

"거기는 네가 아는 것과는 다른 남쪽일 뿐이야."

부드럽고 참을성 있는 목소리로 말했다. 다리는 더 이상 떨지 않고 단단히 땅을 딛고 있었다.

"남쪽은 어떤 나라 이름이 아니라고 네가 이야기했잖아."

레이네와 마틸데가 어이가 없다는 표정으로 나를 쳐다봤다.

"선생님도 여행 가서 편히 쉬고 놀 수 있는 곳이면 남쪽이라고 할 수 있다고 하셨지? 그럼 내가 남쪽에 다녀왔는지 아닌지는 나만이 알 수 있는 거야. 알겠어?"

나는 빌메르 쪽을 보았다.

빌메르가 웃는다! 빌메르 입이 살짝 벌어지면서 비스듬한 앞니가 귀엽게 밖을 내다봤다. 빌메르는 내 셔츠에 적힌 글자를 쳐다봤다.

남쪽에 오신 것을 환영합니다.

빌메르와 이나의 낙원.

빌메르의 촌스러운 티셔츠를 모두 합친 것보다도 더 촌스러운 티셔츠다. 게다가 노란색은 나랑 절대 안 어울리는 색깔이다.

"제가 꿈꾸던 여름방학이었어요."

나는 흐뭇하게 말하며 쪽지를 흔들었다.

"방학 전에 쓴 소원 세 가지가 다 이루어졌어요."

나는 빌메르를 보고 웃었다.

"평생 친하게 지내고 싶은 방학 친구도 찾았어요."

빌메르도 나를 보며 웃었다. 밝은 미소. 멋진 눈동자. 세상에서 두 번째로 촌스러운 티셔츠를 입은 친구.

"그냥 방학 친구가 아니라 베스트 프렌드예요."

나는 얼른 고쳐 말했다. 그리고 조용히 자리에 앉았다.

아무 소리도 들리지 않았다. 아무도 킥킥거리지 않았다. 처음으로 교실이 쥐 죽은 듯 조용해졌다.

"**그** 럼 이제 우리 뭐 하지?"

개학 첫날 학교가 끝나고 뒤뜰을 가로질러 가면서 빌메르가 물었다. 답을 알고 있었지만 나는 아무 말도 하지 않았다.

"먼저 보여 줄 게 있어."

나는 주머니에서 휴대폰을 꺼내 사진 갤러리를 열고 사진 하나를 눌렀다.

"누구인지 맞혀 봐!"

빌메르에게 휴대폰을 내밀었다. 빌메르는 멈춰 서서 사진을 들여다보다가 씩씩거렸다.

"지금 날 놀리는 거지?"

나는 웃으며 고개를 저었다.

"안톤의 친구야."

"미녀."

빌메르가 속삭였다.

미녀는 손에 반지를 끼고 빨간 수첩을 들고 있었다. 뺨에는 점이 있었다. 나는 프리다 옆에 앉아 팔을 쭉 뻗어 셀카를 찍었다. 우리는 카메라를 보며 웃고 있었다.

"이 분 이름은 프리다 푸글레상이고 너를 정말 만나고 싶어 해.

"프리다 푸글레상. 맛있는 감자 스튜."

빌메르가 공손하게 말했다.

나는 웃음을 터트렸다.

"솔방투네에 살고 계셔. 매일 안톤을 생각했대. 너무나 슬프면서도 아름답지 않니?"

나는 빌메르의 손을 잡았다. 둘이 손을 꼭 잡고 천천히 학교 운동장을 걸었다. 아이들을 지나쳐 갈 때마다 아이들 고개가 우리 쪽을 향했다. 아이들은 웃었다. 우리 티셔츠에 써 있는 말 때문에 웃기도 하고 그저 우리를 보고 웃기도 했다. 아무래도 좋았다. 나는 똑바로 앞을 보았다. 마르고 편안한 빌메르의 손이 느껴졌다. 내 손과 잘 어울렸다.

우리는 학교 운동장을 나와 바퀴 빌라를 향해 걸었다. 무덥고 후덥지근한 날이었다. 갑자기 천둥 번개가 칠 수도 있을 것 같았다.

상관없다. 지금처럼 우리가 함께 걷는다면.

나는 모든 걸 준비해 두었다. 콜라는 냉장고에 넣어 두고 새로운 음악 플레이 리스트를 만들었다. 선라이트 타베르나에는 두 사람을 위한 식탁을 차려 놓았다. 빨간 파라솔 앞에는 일광욕 의자를 두었다. 간판에는 우리가 입고 있는 것과 똑같은 말이 적혀 있다. 좀 전에 전교생에게 보여 준 바로 그 문구다.

빌메르를 바라보았다. 나의 멋진 방학 친구. 방학이 끝나도 변하지 않을 친구. 이제 빌메르의 질문에 대답한다. 무얼 할지 나는 아주 잘 알고 있다.

"이제 남쪽을 즐겨야지."

나는 활짝 웃었다.

청소년 북카페 03
바퀴 빌라의 여름방학

1판 1쇄 찍은날 2022년 7월 25일
1판 2쇄 펴낸날 2023년 5월 10일

지은이 마리안네 카우린 | 옮긴이 남은주 | 책임편집 최영옥
표지 그림 수리수리 | 표지 디자인 조은화 | 펴낸이 조영준 | 펴낸곳 여유당출판사
출판등록 제2021-000090호 | 주소 경기도 고양시 일산동구 호수로 662, 1322호
전화 02-326-2345 전송 02-6280-4563 전자우편 yybooks@hanmail.net
블로그 http://blog.naver.com/yeoyoubooks
인스타그램·페이스북 @yeoyoudang

ISBN 978-89-92351-06-5 43850

잘못된 책은 구입하신 서점에서 바꾸어 드립니다.
KC 마크는 이 제품이 공통안전기준에 적합하였음을 의미합니다.
사용연령 12세 이상 | 책 모서리가 날카로우니 다치지 않게 주의하세요.